KB056908

개만 살던 집에
고양이가
들어왔다

개만 살던 집에
고양이가
들어왔다

한민경
지음

든든

차례

Part 1

개만 살던 집에 고양이가 들어왔다

Part 2

아픈 게 아니라 특별한 거야

Part 3

고양이라는 세계

프롤로그

어릴 적 사진첩을 열어보면 개와 함께 찍은 사진이 많았다. 그래서인지 기억이 나는 모든 순간엔 늘 개가 있었다. 개를 훈련시킨다고 아이도 한 번에 오르기 힘든 턱이 높은 계단을 찾아가 계단을 오르게 하는 특훈을 시켰던 기억도 있고, 키우던 개가 사라져 안 보이기라도 하면 시장통의 개를 파는 음식점으로 뛰어갔던 기억도 있다. 동물병원이 가축병원이었던 시절을 경험해보기도 했다.

　개를 키우고 싶다면 외할머니가 사는 시골에 놀러 갔다 돌아올 때 한 마리 데려오거나, 시장에서 쉽게 구하면 되었다. 조금 자란 뒤엔 친구네 집의 개가 새끼를 낳으면 한 마리 받아와 키웠고, 중성화 개념이 전무했을 때부터 개와 함께 살았다. 사료를 먹여서 키운다는 것도 몰랐을 때라 사람들이 먹다 남은 밥을 줬고, 개가 아프면 병원에 가야 한다는 사실도 몰랐지만 아침에 눈을 뜨면 개를 찾아 쓰다듬고, 개가 귀찮아할 정도로 곁에 있었다. 개는 동생이 없는 나에게 동생이었고, 마당에서 나와 함께 자라준 친구였고, 동네 골목에서 놀 때는 나를 지켜주는 보디가드였다. 지금은 '반려동물'이라는 말을 많이 쓰게 되었지만 그때는 '애완동물'이라는 말을 주로 썼다. 애완의 한자 중 '완'은 희롱하다, 장난하다, 놀이하다의 뜻이 담긴 '희롱할 완'으로 지금의 반려동물을 대할 때의 표현과는 맞지 않지만, 그 시절 나에게는 애완동물이 맞았다.

반면 고양이는 곁에서 함께 자란 개와는 다른 존재로 '애완'의 영역이 아니었다. 길에서 가끔 보일 때는 음식물 쓰레기를 먹다가 사람들의 소리에 도망치는 음습함과 지붕 위와 담벼락을 자유자재로 다니는 민첩성으로 눈에 잘 띄지 않았고, 어쩌다 눈에 띄면 재수 없다는 말을 듣기 일쑤였다. 검은 고양이는 소설이나 TV 매체에서 불운한 일이 생기기 전 등장하곤 해서 검은 고양이를 보면 무섭다고 도망치는 친구들도 있었다.

『홍콩할머니 괴담』에 조기 하교를 한 경험이 있고, 베스트셀러 『오싹오싹 공포 체험』을 읽고 자란 어린이는 청소년이 되어서 〈이야기 속으로〉와 〈토요미스터리극장〉을 보게 됐다. 그런 채널에서 고양이는 음산한 분위기와 스모그로 연출된 파란 화면에 긴장도가 최고치에 달할 때 "냐–"도 아닌 "꺄–!"하는 소리와 함께 화면 속에 등장해 시청자를 놀라게 하는 '준 귀신'의 역할을 맡곤 했다. 이 사회가 고양이를 좋아하면 큰일 나는 분위기를 만든 게 아닐까?'싶게 내가 지나온 80~90년대는 고양이에게 마음을 열 수도, 열 틈도 없었다.

그렇게 사회 분위기를 잘 타는 나는 자연스럽게 '개파'가 되었다. 2000년 밀레니엄 시절 또한 개와 보낸 나는 2013년과 2015년에도 개를 만나서 지금껏 살고 있고, 심지어 개랑 산다는 이유로 잡지 인터뷰도 하고, 책도 쓰고, 그걸로 신문에 기사도 났다. 2019년에 쓴 『호호브로 탐라생활』이란 책에는 나는 앞으로도 '개파'로 살 거라고 선언까지 해두었다.

그런데 그 선언이 무색하게 지금은 고양이와 함께 살고 있고, 개 사진 일색이던 SNS가 '이 사람은 고양이랑만 살고 있나?'싶게 고양이로 가득하다. 고양이에 대해 조금 알게 되니 내 고양이뿐만 아니라 밖의 고양이들도 더 눈에 밟혔다. 집에서 사는 고양이들을 보면 푹신한 곳을 좋아하고, 집안의 보일러 열선을 기가 막히게 찾아 따뜻한 곳만 골라 눕는 걸 보면 '고양이는 어쩌면 집 안에서 살게 창조된 거 아닐까?'

싶은 생각도 들었다.

　　지금부터 쓰는 글들은 지독한 개파였던 내가 어떻게 고양이파가 되었는가에 관한 간증 글에 가까울 수도 있다. 나와 함께 "나는 고양이는 잘 모르겠어. 나는 개가 더 좋아."했던 개파 친구들에겐 이런 나의 행위가 변절처럼 느껴지겠지만 종교로 예를 들자면 타 종교를 극렬하게 배척하던 종교인이 어떤 일을 계기로 배척하던 종교로 개종하고, 그 사연을 사람들 앞에서 간증하는 일 같은 거다. 그리고 그런 메시지야말로 자극적이고 강력한 법이다.

　　게다가 개에서 고양이라니 이런 변절이라면 얼마나 귀여운 변절인가. 그래서 나는 권한다. 당신도 변절자가 되기를, 그리하여 더 많은 고양이가 길이 아닌 집에서 살기를, 그 고양이로 인해 당신이 구원받기를, 우리가 서로가 서로에게 구원이 되기를 바라는 마음으로 이 글을 시작해본다.

Part 1

**개만 살던 집에
고양이가 들어왔다**

'나무' 걱정하지 마

어느 날 모르는 번호로 문자 한 통이 왔다. 내용은 이랬다.

"이모! B일상잡화점 왼쪽 집에 아주 작은 새끼 고양이가 있어서 간식을 줬는데 그 자리를 떠나지 않고 있어요. 제 머릿속을 점령해버린 고양이예요."

나를 이모라고 부르는 사람은 제주도에서 알고 지내는 지인의 딸 화음이었다. 토요일이라 내가 사는 동네인 오조리로 반려견 두부와 함께 산책을 나왔다가 두부가 돌 틈에 있는 고양이를 찾아낸 듯했다. 답을 줘야 할 것 같아서 "새끼 고양이를 발견했구나. 나무 걱정하지 마. 어딘가에 엄마가 있을 거야. 이따가 이모가 가서 볼게."라고 말했는데

'너무'라고 친다는 게 '나무'라고 오타를 내고 말았다.
어른들의 대화였다면 오타라고 생각하고 문맥을 읽을 텐데
어린 화음이는 '나무'가 이름인 줄 알았나 보다.

"이름이 나무예요?"하고 답이 왔다. 그 고양이는 이름이
나무도 아니고 본 적도 없는 고양이었다. 내가 그 장소에
간다고 해도 빠르고 어디로든 잘 숨는 고양이의 특성상 언제
어디로 사라져도 이상할 일 없는 마을의 흔한 고양이었다.
난 "아니, 너무를 친다는 게 오타가 났어."라는 답을 하고 그
대화를 마쳤다.

그런데 이상한 일이다. 아이의 문자여서 그랬을까?
말로만 끝낼 게 아니라 내가 가서 직접 확인을 하고, '이모가
가서 봤는데 괜찮아. 걱정하지 마'라는 문자를 보내야 할
것만 같았다. '갈까 말까?', '내가 본다고 뭐가 달라질까?',
'어딘가에서 어미가 나타나겠지.' 마음속에 많은 생각이
맴돌았다. 제주도에 살면서 수없이 많은 고양이를 봤지만
새끼 고양이들은 눈에 띄면 순식간에 사라져버리거나, 간혹
사체를 봤을 뿐 성묘들이 꽁꽁 숨기고 키우는지 그때까지만
해도 새끼 고양이를 길에서 마주친 경험은 없었다. 가도 없을
것 같지만 그래도 한번 가보자하고 몸을 일으켰다.

뉴규뉴규야 새끼 고양이를 잘 부탁해

나는 고민 끝에 새끼 고양이가 발견되었다는 장소로 갔다.
내 눈으로 확인하고, "새끼 고양이는 엄마 고양이를 따라 잘
갔어. 걱정하지 마."라는 답장을 주고 싶었다. 그러나 나는
그 답을 줄 수 없었다. 고양이는 정말 아이의 말 그대로 어디
가지 않고 그 자리에 있었다.

　나의 하우스 메이트인 미정이 운영하는 B일상잡화점에
들러 "너도 고양이 봤어?"라고 물었다. 미정은 아침에 옆집
아저씨가 "고양이 키울 생각 없냐"라고 하면서 새끼 고양이를
보여줬는데 그 고양이 같다고 했다.

　미정의 말대로라면 새끼 고양이는 이미 사람 손을 탄

듯했고, 한자리에 가만히 앉아있는 모습에는 새끼 고양이 특유의 발랄함이 없어 보였다. 털색은 흰색과 회색이 섞인 일명 고등어라 불리는 고등어태비였고, 그 외에 성별이나 개월 수를 추정할 여유는 없었다. '어디 아픈가? 약한 개체는 어미가 도태시키기도 한다는데 혹시 무리에서 버림받은 건 아닐까?', '사람이 만지면 사람 냄새가 묻어 버리기도 한다는데' 같은 출처도 불분명한 안 좋은 이야기들이 하필 이럴 때 잘도 떠오르며 머릿속을 채웠다.

이 고양이를 어떻게 하면 좋을지 고민을 하다가 고양이가 앉은 곳이 녹이 슨 닻과 쓰다 버려둔 목재, 튀어나온 못 등이 있어 위험하다는 생각이 들어 우선 고양이를 우리 집 마당으로 옮겨 오기로 했다.

우리 집 마당은 길고양이가 다니는 길목 중 하나로 새끼 고양이가 발견된 곳과 멀지 않아 만약 엄마 고양이가 새끼를 찾아 오려고 한다면 충분히 올 수 있는 곳이었다. 엄마 고양이 또한 우리 마당냥이 중 하나일 수 있었다.

이제 새끼 고양이를 잡아서 옮기는 일만 하면 된다. 그런데 잘 잡혀 줄까? 손에 상처를 내고 도망쳐 버리는 건 아닐까? 그저 사색을 즐기는 고양이일 뿐인데 인간의 개입이 과연 옳은 걸까? 미정과 함께 고민을 해봤지만 그냥 두고 갈 순 없어, 우리는 마당에 사는 고양이들을 믿기로 했다.

마당에는 무뚝뚝해보이는 외모지만 턱시도를 잘 갖춰 입고

궁디팡팡을 좋아하는 애교 많은 '뉴규뉴규'와 옆 옆집에서
여행 온 장기 여행객이 '사랑이'라고 이름 붙이며 챙겨주다
우리 집 마당으로 넘어와 지내는 고등어 무늬의 다정한
고양이 사랑이가 있었다. 나는 뉴규뉴규와 사랑이를 믿었고,
무엇보다 강력한 츄르(고양이용 액상 간식)의 힘을 믿었다. 자!
그럼 이제 츄르를 챙겨와 저 새끼 고양이를 잡아보자!

고양이를 마당으로 옮기는 법

나는 다시 집으로 가 츄르를 챙겨 돌아왔다. 보통 고양이를
다룰 때 아무리 작은 새끼 고양이라고 해도 타월을 준비해
몸을 감싸 안아야 한다고 한다. 태어나서 한번도 자르지
않은 발톱을 세워 구조자의 몸에 생채기를 낼 수 있기
때문이라는 걸 나중에 알았다. 하지만 알고 있었다고 해도
혹시나 그 고양이가 자리를 떠 눈앞에서 사라질 수 있는
상황이었기 때문에 급한 마음에 츄르만 달랑 챙겨서 갔다.
'새끼 고양이가 얼마나 공격적이겠어?'하는 안일한 생각도
한몫했다. 나의 계획은 냉장고에 코끼리 넣기처럼 아주
단순했다.

고양이에게 츄르를 준다.

고양이를 잡는다.

우리 집 마당에 내려둔다.

이런 내 계획이 무모하다는 듯 츄르를 뜯어 고양이에게 다가가는 나에게 "조심해!", "발톱에 긁힐 수 있어!"라며 미정이 계속 주의를 줬다. 하지만 새끼 고양이는 츄르에 정신이 팔려 사람이 자기를 안아올리든 말든 손쉽게 잡히고 말았다. 그리고 츄르를 다 먹기도 전에 도착한 우리 집 마당에 새끼 고양이를 내려두었다. 너무나 손쉽게 '새끼고양이 마당으로 옮기기' 작전은 성공했다. 고양이를 뉴규와 사랑이 곁에 내려두며 "뉴규뉴규야, 사랑아! 고양이 엄마가 새끼를 찾으러 올 때까지 잘 부탁해."하니 뉴규뉴규도 새끼 고양이도 바짝 낮춘 귀를 뒤로 보내며 머쓱한 표정을 지어보였다.

나는 그런 고양이를 보며 속으로 생각했다. '이 마당은 많은 고양이가 거처로 삼고, 밥과 물을 먹으며 지내는 곳이란다. 이 마당에서 하얗고 성격 좋았던 히끄 형도 입양을 갔고, 담벼락에 늘어져 있던 태평이 형도 입양을 갔고, 눈이 파랗던 하꿀이 형도 입양을 간 좋은 터란다. 너도 여기 잘 붙어 있어 봐. 마당의 고양이 형과 누나가 챙겨 줄 거고, 밥과 물은 내가 잘 챙겨줄게. 다른 건 몰라도 배곯는 일은 없을 거야.' 나는 빈 상자를 가지고 와 수건을 깔고 새끼 고양이의 임시 거처를 만들어주었다.

고양이는 모르는 '고알못', 개파

나는 제주도에 온 지 12년 차인 이주민이다. 게스트하우스를
하기 위해 왔고, 부침이 조금 있었지만 계획대로 실행해
지금도 제주에서 잘 지낸다. 제주도에 올 때는 혼자
내려왔지만 지금은 개 두 마리와 사람 하나가 늘었고
거기에 고양이까지 더해졌다. 내가 운영하는 게스트하우스
마당에는 마당냥이라고 이름 붙인 여섯에서 열 마리
정도의 고양이들이 오가고 있다. 지금이야 고양이에 대해
조금 안다고 말할 수 있지만 불과 2년 전까지만 해도 내가
진행하는 반려동물 팟캐스트인 〈니새끼 나도 귀엽다〉에서
나는 당당하게 고양이를 알지 못하는 '고알못'이라 말을

했었다. 고양이에 대한 기본 지식이 있었음에도 개와 함께 살다 보니 막연히 잘 모른다고 생각했다. 육지에서 살 때도 고양이들과 연이 닿지 않아 고양이에 대한 애정이 생길 일이 없었다.

어쩌다 고양이와 함께 사는 친구네 집에 놀러 가면 고양이는 낯선 사람 소리에 숨기 바빴고, 집으로 돌아갈 때까지 얼굴을 보지 못하는 경우가 많아서 다정하게 반겨주는 개에 익숙한 나는 고양이와 함께 살고 싶은 마음이 들지 않았다.

그렇게 고양이와 연이 없는 채 제주로 왔고, 지금까지 그랬던 것처럼 개파로 살기 바빴는데 어느 날부터 게스트하우스에서 나오는 음식물 쓰레기를 먹기 위해 모여든 길냥이로 인해 게스트하우스 주변이 지저분해졌다. 며칠을 지켜보다 해결책으로 사료를 챙겨주자는 생각을 했고, 그날로부터 고양이란 존재가 내 삶으로 사뿐히 걸어 들어왔다. 길냥이라고 부르던 호칭이 조금 더 내 울타리 안에 있었으면 하는 마음에서 마당냥이라고 부르기 시작했고, 그렇게 친구 삼아 지낸 시간이 어느새 이주해 온 시간과 비슷해졌지만 사료를 챙겨주는 것이 전부였던 나는 여전히 고알못이었다.

고양이 밥을 주고는 있었지만 물은 옆집 할머니네서 먹길래 물을 따로 챙겨주지 않았고, TNR*을 보내는 시기를 놓쳐 임신을 한 고양이를 딱한 눈으로 볼 수밖에 없는 시기도 있었다. 고양이를 개처럼 만졌고, 꼬리와 몸짓으로 나에게 말을 걸고 있는 마당고양이의 언어를 알아듣지 못했다. 고양이가 너무 많이 늘었을 때는 걱정이 앞섰고, 우리 개들인 호이와 호삼이가 뛰어놀 수 있게 만든 마당을 다 차지하고 지내는 고양이가 얄미운 날도 있었다. 종종 마당에 있는 고양이들을 입양을 보내긴 했지만 다른 사람의 일일 뿐 나는 이미 개와 함께 살고 있으니 고양이는 내 인생에 없을 줄 알았다.

'고알못'은 이런 나에게 면피하기 좋은 단어였다. 뭔가 어설퍼도 "제가 고알못이라 잘 몰라요.", "전 개만 키워봐서 고알못입니다."하고는 한 발짝 뒤로 물러날 수 있었다.

지금은 TNR을 보내기도 하고, 사료뿐만 아니라 물을 챙겨주는 것도 무척 중요하다는 걸 알고, 병원에 갈 수 없는 길냥이들에게 타주면 좋은 유산균과 영양제 등도 잘 알지만 그래도 나는 딱 그 정도만 챙기는 개파로 남고 싶었다.

그 새끼 고양이가 마당에서 사라지기 전까진.

---

* TNR(Trap-Neuter-Return): 길고양이의 마릿수를 적절하게 유지하기 위한 활동. 길고양이를 안전하게 포획하여 중성화수술 후 원래 살던 곳에 풀어주는 행위를 말한다.

빈 박스만 덩그러니

새끼 고양이를 마당에 옮겨 두었던 오후, 마당에 잘 있을
거라 생각했던 고양이가 사라졌다. 한 손에 들릴 정도로 작은
고양이라 벽돌이 얼기설기 짜인 담벼락 사이로 머리를 넣어
사라진 듯했다. 내가 있을 때도 몇 번을 시도하길래 다시
박스에 옮겨다 두었건만 새끼 고양이는 낯선 곳이 싫었는지
내 노력은 알아주지 않고 집을 나가버렸다. 너무 작은 체구라
걱정이 됐지만 지금까지 밖에서 태어나고 자랐을 테니 내가
걱정한다고 달라지는 건 없을 거라 생각했다.

　오랫동안 제주에서 살면서 알게 된 건 내가 할 수 있는
일과 할 수 없는 일이 분명히 있다는 것이다. 그리고

떠돌이 개와 길고양이 앞에선 그 일이 더욱 선명해진다.
어느 해는 동네에 백구들이 늘어나더니 들개가 되어 무리
지어 떠돌았다. 겁이 난 주민들의 신고로 한날한시에
모두 보호소로 잡혀 들어갔다. 제주에선 너무 흔한
백구들이라 입양을 가지 못하고 안락사가 될 거라는 건
굳이 찾아보지 않아도 알 수 있었다. 그래도 만에 하나
'입양'이라는 스티커가 붙진 않을까 하는 마음에 보호소
사이트를 찾아보았지만 두려운 눈빛을 한 채 사진이
찍힌 눈에 익은 개들을 보며 깊은 한숨을 내쉬는 거 외엔
할 수 있는 일이 없었다. 이름 붙이고, 정든 개가 다치고,
사라지고, 죽어가는 것을 지켜보며 나는 점점 무력해졌다.
고양이들도 마찬가지였다. 자기들 마음대로 나타나 실컷
정을 주면 영역싸움에 밀린 건지, 아니면 아프기라도 한 건지
하루아침에 사라지곤 했다.

　무던해지자. 오늘 밥 먹으러 왔다고 내일 또 오는 건
아니다. 그렇게 혼자 주문을 외웠다. 그렇지 않으면 너무
괴로운 마음이 들었다. 그래서 그 새끼 고양이 앞에서도
내가 할 수 있는 건 그저 엄마 고양이가 와서 데리고 갔을
거라는 막연한 희망을 품으며 어디서든 잘 살라고 마음으로
빌어주는 수밖에 없었다.

　그리고 다음 날 아침이 되었다. '혹시나 새끼 고양이가
왔을까?'하는 생각으로 마당에 나갔는데 게스트하우스의

손님들이 무언가를 안타까운 눈으로 보고 있었다.

그 새끼 고양이었다.

고양이를 보던 손님의 이야기에 따르면, 성묘를 따라 담벼락을 넘으려다가 담이 높아 따라 넘지 못해서 울고 있으니 옆집 할머니가 들어서 주길래 넘겨받았는데 고양이 몸이 너무 차서 저체온증 같아 어쩌지 하던 차였다고 했다.

"사장님 혹시 핫팩 있으세요? 체온을 올려야 할 것 같아요." 고양이를 오래 키웠다는 손님의 말대로 핫팩을 챙겨 나와 전날 데리고 왔을 때 마련해두었던 빈 박스에 수건에 감싼 핫팩을 넣고 고양이 몸을 문질러 체온을 높였다. 마당 잔디 위로는 이슬이 촉촉하게 내려앉았고, 반소매를 입기엔 조금 쌀쌀한 10월이 가까워진 어느 날이었다. 고양이는 밤사이 고단했는지 따뜻한 핫팩 위에서 노곤하게 잠이 들었고, 사랑이가 다행히 그 박스에 같이 들어가 자연스레 체온을 올려주었다. 멀리 가진 않았구나, 그래도 다시 와주었구나. 고맙고 미안한 하루가 또 시작됐다.[*]

---

* 나무를 돌봐주었던 마당냥 사랑이는 뉴욕으로, 슬로우트립의 터줏대감 뉴규뉴규는 제주시로 각각 입양이 되었다.

오늘의 걱정은 내일의 우리에게

다음 날이 밝았다. 게스트하우스엔 7시 45분에 호이,
호삼이와 함께 마을 산책로인 오조포구를 한 바퀴 도는
'745오조리런닝클럽'이라는 프로그램이 있다. 개와 살다
보니 아침저녁으로 꼭꼭 산책을 하는데 자주 오는 손님들과
함께 걸으면서 자연스럽게 우리 숙소만의 프로그램이 되어
이름까지 붙이게 된 것이다. 나는 산책을 가기 위해 7시에
일어난 김에 새끼 고양이가 잘 있나 확인하러 마당에 나가
보았다. 기대와 다르게 저체온증을 회복한 새끼 고양이는
단잠만 자고 또 사라졌다. 마당을 오며 가며 살기를 바라는
건 나의 막연한 희망일 뿐 새끼 고양이는 협조할 생각이

전혀 없어 보였다. '그래, 이틀이나 눈에 띈 건 운이 좋은 거지'라는 생각을 하며 산책도 하고, 일과를 하며 보냈지만 마음속으로는 고양이가 다시 돌아오기를 기다리고 있었다.

　그렇게 낮이 지나고 어스름할 무렵 문밖을 나섰는데 옆집 할머니 따님이 "어머 쟤 좀 봐요! 새끼 고양이네. 아이고 귀여워."하는 게 아닌가? 나는 반가운 마음에 목소리 나는 곳으로 고개를 돌려보니 한 줌도 안 되는 그 작은 고양이가 다리를 절룩거리며 우리 집을 향해 걸어오는 게 아닌가! 그리고 그 순간 승용차 한 대가 쌩하고 우리 곁을 지나갔다. 그 고양이는 얼마만큼 위험에 노출된 지도 모른 채 그저 목적지로 삼은 곳을 향해 다리를 절룩대며 달려오고 있었다. 그 짧은 순간에 아찔해진 나는, 얘는 길에서 로드킬 당하거나 어딘가 아파 죽겠구나 싶은 생각이 들어 고민할 새도 없이 그 길로 고양이를 들고 집으로 들어왔다.

　정말 순식간이었다. 동물을 집에 들일 때 함께 사는 미정과 여러 번 상의를 하는데 이번엔 나 혼자만의 독단적인 결정이었다. 집에 있던 미정은 고양이를 손에 들고 들어온 나를 보며 눈을 휘둥그레 떴지만 이내 '그래, 네 성격에 오래 참았지'하는 얼굴이 되었다.

　나는 그런 미정의 얼굴을 보며, 밖은 너무 위험하고, 이렇게 신경을 쓸 바엔 얼마 전 임시보호하다가 입양 보낸 하꿀이처럼 우리가 잠시 임보를 하다가 입양을 보내주자는 내용의 말을 장황하게 늘어놓았다.

하꿀이는 어느 날 갑자기 동네에 나타나 몇 날 며칠을
울던 하얀색 터키시앙고라 품종묘로 누가 봐도 실내에서
살던 고양이였다. 목욕시켜 집에 들이자마자 마치 우리 집에
살던 고양이처럼 행동했지만, 밖에 살던 아기 고양이는
괜찮을까? 미정은 걱정되는 것들을 이야기하면서도
능숙하게 담요로 새끼 고양이를 감싸고 책상 위에
올려두었다.

그날은 마침 운영하는 가게의 정산 마감일이어서 둘 다
정신없는 날이었는데 새끼 고양이까지 들고 들어왔으니
더 정신이 없었다. 하지만 집에 들어오자마자 길에서 보낸
시간이 노곤했던지 늘어지게 잠을 자는 고양이를 보면서
오늘의 걱정은 내일의 우리에게 미루기로 했다.

그리고 오늘의 우린 새근새근 잠든 고양이를 보며 '근데
너무 귀엽다'를 연발했다. 조금 다른 걱정이 생겼지만,
오늘은 밖의 고양이가 아닌 안의 고양이를 걱정하며 조금은
편하게 잠들 수 있게 되었다.

너무의 오타 '나무', 이름이 되다

밖에 있던 박스를 그대로 들고 들어와 새끼 고양이의 임시
거처로 썼다. 다행히 우리 집은 복층이라 급한 대로 개들과
공간 분리는 되는데 화장실이 문제였다. 내가 새끼 고양이를
데려왔다는 소식에 이웃 사는 히끄 아범이 히끄가 쓰던
여분의 화장실과 모래를 줘 화장실은 해결되었다. 사료는
마당냥이에게 주던 것과 간식이 있었다. 시작은 망설임이
있었지만 사실 우리는 몇 달 전에 동네에 갑자기 나타난
터키시앙고라 종인 '하꿀'이를 두 달간 임보하다 입양을 보낸
경력직의 임시 집사였다.

　자, 그럼 이제 부를 이름이 필요한데 어떤 이름을 지어

줄까? 고민이 됐다. 슬로우트립 게스트하우스의 마당냥이는 전통적으로 동음을 반복하거나, 네 글자로 이름을 지어 주곤 했다. 작명 방식은 털 무늬에서 따오곤 하는데 그동안 이름 지은 고양이는 이러했다.

지금은 SNS에서 우주 대스타가 된 히끄히끄, 히끄와 함께 지냈던 꺼므꺼므, 줄무줄무, 치즈치즈, 노랑노랑, 고등고등, 2세대쯤 되는 뉴규뉴규, 해태해태, 해미해미, 하꿀하꿀 이런 식이었다. 이름은 네 음절이지만 부르는 건 두 자로 부르는데 새끼 고양이 이름은 고민을 하다가 지인의 딸아이 화음이에게 문자를 보내다 오타가 나 이름으로 오해받았던 '나무'가 떠올라 '나무나무'로 지었다.

나무는 바깥 생활이 고단했는지 집에 들어오자마자 잠을 잤다. 아주 오래오래 잤다. 긴 여행을 하고 온 사람이 여독을 풀어내듯 깨어나지 않을 것처럼 잤다. 간혹 밖에서 살던 개와 고양이를 임보할 일이 있을 때면 그 친구들은 사흘간 누가 잡아가도 모르게 잠을 잔다. 나무도 고단했으리라. 1kg도 안 되는 작은 체구로 밤이 되면 찾아오는 추위와 새벽녘이면 이슬로 젖어오는 땅, 엄마와 형제들과 떨어져 헤매는 날들, 배는 고팠을 거고 잠은 잘 못 잤을 거다. 고양이들은 새끼를 많이 낳지만 허피스바이러스가 돌면 몇 마리 살아남지도 못한다. 살아남는다고 해도 떠도는 개들에게 물려 죽거나, 차에 치여 죽거나, 굶주림과 추위로 고생을 하느라 길냥이의 수명은 3~5년 내외로 짧다. 그나마 이곳 제주, 내가 사는 시골 동네는 5년 이상 밥을 먹으러 오는 친구들이 있으니 도시의 길냥이보다는 수명이 긴 것도 같은데 다치거나 아파도 치료 해주기 힘드니 평균적으로 5년 미만의 수명으로 길 생활을 마무리하는 것 같다.

나무는 우리를 만나 길 생활은 피했다. 아무것도 모르고 잘도 자는 이 고양이를 우리는 어디로 안내해줘야 할까? 옛말에 애들은 다 자기 밥그릇 가지고 태어나는 거라고 하던데 고양이들도 사료 그릇을 가지고 태어날까? 그렇다면 나무는 아주 좋은 사료 그릇을 들고 태어난 거라면 좋겠다.

이름이 생긴 날, 한쪽 눈이 더 큰 고양이

나무, 나무, 나무. 가만히 나무라는 단어를 뱉어본다.
지금이야 우리에게 무척 익숙해진 이름이지만 처음부터
우리 식구라고 생각하고 나무를 입양했다면 분명 다른
이름을 지었을 것 같다. 나무는 수컷으로, 위로는 개 두 마리
형아들이 있는데 형아들의 이름은 호이와 호삼이다.

나는 제주에 오기 전엔 광고대행사에서 광고카피를
썼는데 가끔 '네이밍'을 할 때가 있었다. 네이밍은
네이미스트(Namist)라는 직군이 따로 있을 만큼 전문적인
장르인데 카피라이터가 네이밍도 잘할 거라고 생각하고
네이밍까지 맡기는 회사들이 있다. 이름이라는 건 누구나

지을 수 있지만 처음 들었을 때 단박에 마음에 드는 일은
드물뿐더러 애정을 가지고 부르고, 시간이 지나 역사가
쌓이면서 브랜드화되어가는 거라 정말 어려운 작업 중에
하나라고 생각했고, 현장에서 늘 힘들어했던 일이기도 했다.
그런데 아이러니하게 제주에 와서도 종종 이름 지을 일이
생겼다. 하지만 내 업장의 이름이나 프로젝트명을 만드는 건
일단 내 맘에 들면 되니 자유롭게 짓고 사용해왔다.

　　브랜드 네이밍만큼 어려운 일은 동물 가족들의 이름을
짓는 일이다. 우리 집의 장남인 '호이'는 2013년도에 친구가
키우는 비글 부부가 낳은 강아지인데 나에게 입양되면
게스트하우스에서 살게 될 예정이라 손님들에게 호의적이면
좋을 것 같다는 의미를 담아 입양 전부터 '호이'라고 지어
놓았다. 호이와 산 지 2년 뒤 미정이 운영하는 잡화점
앞에서 비 오는 날 떨고 있는 작은 강아지를 주워다가
우리가 입양하게 된 진돗개와 리트리버 믹스 '호삼'이는
잠시 임보를 하다가 입양을 보낼 생각에 임시로 부를
이름으로, 호이가 있으니 호삼이로 잠깐 부르자며 장난스레
지었다가 지금에까지 이르렀다. 나무도 처음부터 계획된
입양이었다면 개와 고양이 서로 종은 달라도 형제임을
강조하기 위해 '호'자 돌림을 썼을 것 같다. 호식이, 호섭이,
호강, 호랑⋯ 호자 돌림의 이름을 나열해보니 나무가 가장 잘
어울리는 이름인 것 같기도 하다.

이름이란 게 그렇다. 자꾸 불러주고, 그 이름에 개와 고양이가 뒤를 돌아봐주고, 달려와주고, 그러다 보면 그것이 고유성을 가진 세상 단 하나의 것이 된다. 동물 친구들은 신기하게 자기 이름을 잘 알아듣는다. 혹자는 단어로 아는 게 아니라 음성의 높낮이로 안다고도 한다. 그게 무엇이든 인간이라는 다른 종의 말을 알아듣기 위해 노력해주는 동물 친구들이 참 기특하고 고맙다.

나는 산책하다가 간혹 호이나 호삼이 이름을 부른다. 앞장서는 개들의 똥꼬만 보고 걷는 게 심심하기도 하고, 어떤 표정으로 걷는지 궁금하기도 해서 "호이야!"하고 부르면 호삼이는 가만히 있고, 호이만 돌아본다. "호삼아!"하면 이번엔 호삼이가 돌아본다. 우리와 같은 음성언어를 사용하지 않을 뿐 동물 친구들은 언제나 우리와 대화를 할 준비가 되어 있다.

그렇게 이름 없던 생명에게 우리는 이름을 준다. 우리의 편의를 위해, 다른 개체와의 구별을 위해 지금 우리 앞에서 자는 이 새끼 고양이를 오늘부터 우리는 '나무'라고 부르기로 했다. 나무가 우리 집에 와서 처음으로 잠을 잔다. 아직은 이름 불릴 일도 없이 잠만 자는 나무를 보던 미정이 "근데 얘 눈이 자꾸 떠져."라고 하는 게 아닌가? 눈이 떠진다고? 눈을 뜨는 것도 아니고 눈이 떠진다니. 무슨 소리인지 몰라서 자고 있는 나무를 보니 한쪽 눈알이 눈꺼풀보다 커서 눈이 감기지 않는 거였다. 손으로 눈꺼풀을 가만히 내려주면 일시적으로 내려앉았다가 다시 올라왔다.

　강아지 중엔 간혹 혀가 주둥이보다 길어서 평상시에도 혀를 빼고 있는 친구가 있는가 하면 위 주둥이보다 아래 주둥이가 길어 사람으로 치면 주걱턱이 되는 친구들도 있다. 치열이 고르지 못해 부정교합이 있는 친구들도 있고, 꼬리나 다리 길이가 다를 수도 있다. 사람과 마찬가지로 태어날 때부터 생김새는 다 다르다. '나무는 한쪽 눈이 큰 건가?' 아니면 '추운데 있다가 따뜻한 실내로 들어와서 얼굴이 부은 건가?', '자고 일어나면 괜찮겠지?'하며 애꿎은 눈꺼풀만 자꾸 덮어준다. 안압이 차서 그런 것도 모르고.

잘못되면 실명할 수도 있어요

반려동물과 살다보면 생각보다 병원에 자주 가게 된다.
사람의 건강검진은 올해는 해야지, 내년엔 꼭 해야지
하면서도 크게 아프지 않으면 병원을 찾지 않은 채 해를
넘기기 일쑤지만 반려동물의 피검사와 각종 예방주사는
1년을 넘기지 않고 꼭꼭 챙긴다. 사람은 아프면 아프다고
말을 하지만 반려동물은 아파도 아프다고 표현하지 못해서
반려인이 더욱 주의 깊게 살펴야 한다. 옛날 왕의 매화틀을
살피는 신하처럼 반려동물의 배설물도 잘 살펴봐야 하고,
같은 곳을 반복해서 긁거나, 핥거나, 몸을 자꾸 터는 행동도
몸이 좋지 않다는 사인을 보내는 것이니 놓치지 말고 관찰을

해야 한다.

　나는 제주에서도 성산의 오조리라는 마을에 사는데 대형 병원이 있는 제주시까지 가려면 한 시간이 조금 넘게 걸리는 곳이다. 시골에는 70대 이상 나이 지긋한 어르신이 많아 그분들과 비교하면 젊은 나이에 속하지만 이웃집 할머니가 아플 때 구급차로 1시간이나 떨어진 시내에 있는 병원으로 실려 가는 걸 보면 나에게도 있을 수 있는 일이라 걱정이 되기도 한다.

　사람 병원만 먼 게 아니다. 동물들이 다니는 동물병원 또한 모두 제주시 쪽에 있다. 성산에도 동물병원이 하나 있긴 하지만 그곳은 대동물을 전문으로 하고, 고양이를 자주 진료하는 곳이 아니라 제주시에 위치한 동물병원에 다니고 있다.

　나무를 데리고 차를 타고 병원에 간다. 고양이 이동장이 없는 우리는 생애 처음 차를 타는 나무를 플라스틱 박스에 담아서 차에 태웠다. 고양이가 차에서 날뛰거나 멀미를 하지 않기만을 바랐는데 웬걸 나무는 박스에 담겨 밖을 구경하면서 얌전하게 가는 것이 아닌가? 주변의 친구들과 함께 사는 고양이들도 원체 얌전한 고양이가 많아서 놀라운 일은 아니었지만 그래도 성격 좋은 고양이가 왔구나, 입양을 보내는데 수월하겠다는 생각이 들 만큼 나무는 차를 잘 타주었다.

그렇게 1시간 거리를 달려 동물병원에 도착했다. 접수대에
'나무나무'의 이름을 등록 후에 수의사 선생님을 만나 그간의
이야기를 해드렸다. 밖에서 있던 새끼 고양이고, 다리를
절고, 눈이 점점 커지고 있다…. 나무를 살펴본 수의사
선생님은 칼리시바이러스 감염증인 것 같다면서 개만 키운
나에게 생소한 병명을 말해주었다. 그러고는 나무의 눈을
한참 보더니 안압이 많이 차오른 상태라 최악의 경우엔
실명을 할 수 있다고 알려줬다. 실명이라니…. 미정과 나는
뭔가 잘못됐음을 느꼈다.

제3의 눈을 뜬 자여, 현실로 가자!

우리는 살면서 위기에 처한 동물 친구들을 마주칠 때가 있다.
아니다. 당신이 어디에 사느냐에 따라 볼 수도 있고, 못 볼
수도 있다. 또, 당신이 어떤 마음이냐에 따라 마주칠 수도
있고 아닐 수도 있다. 이 세계는 마치 마법의 세계와 같아서
눈을 뜬 자에게는 보이고, 아직 눈을 뜨지 못한 자에겐
보이지 않는다. 눈을 뜬 자들은 아파트 단지를 걷다가도 꽁꽁
숨은 고양이를 볼 수 있고, 음식점 외부 구석이나 뒷골목에서
그들의 흔적을 찾아낼 수도 있다. 발소리 없이 다니는
고양이의 기척을 누구보다 잘 느끼기도 하고, 고양이 사료를
챙겨주는 가게들이 어딘지 알아차리기도 한다.

어렸을 때 즐겨 보던 『드래곤볼』이라는 만화에 천진반이라는 캐릭터가 있었다. 천진반은 이마에도 눈이 달렸다. 간혹 제3의 눈이라고 하는 표현은 들어봤지만 그걸 비주얼화한 캐릭터를 본 건 천진반이 처음이라 생경하면서도 금방 익숙해졌던 기억이 난다. 나는 제주로 오고 나서 천진반이 되었다. 아쉽게도 천진반처럼 눈 3개가 뚜렷하게 보이는 얼굴을 갖진 못했지만 분명 눈과 이마 사이에 하나의 눈이 더 생겼다고 확신한다.

제주에서 제3의 눈을 뜨면 도시보다 더 버라이어티한 세상을 볼 수 있다. 어딜 봐도 개들이 돌아갈 집은 없어 보이는 들판에서 천방지축 뛰어노는 강아지 일곱 마리를 마주친다거나, 쇠 목줄이 끊어진 채로 돌아다니는 개도 볼 수 있다. 엄마를 잃고 허피스바이러스 감염증에 걸려 시름시름 앓는 고양이도 볼 수 있고, 누군가가 차 사고를 내고 방치한 개나 고양이도 볼 수 있다.

이 제3의 눈의 단점은 한 번 떠지면 닫히기 어렵고 내 마음대로 되돌릴 수도 없다. 이 눈을 뜨는 것이 좋은지, 뜨지 않는 것이 좋은 일인지는 개인에 따라 다르기에 뭐라 말할 수 없다. 일단 눈을 떴고, 눈에 보였기에 덥석 개나 고양이를 들고 집으로 돌아왔다면 이제 마법 세계에서 현실의 세계로 돌아오게 되는데 그 입구는 바로 병원비라는 관문이다. 병원비야말로 내가 현실 세계에 있다는 걸 가장 강력하게

알려주는 각성제가 되어준다. 그래서 어쩌면 이 각성제를
복용하고 나면 제3의 눈은 사라질지도 모르겠다.

반려동물이 건강할 때는 '가족'이라는 타이틀을 주다가
아프고 나면 '애완'의 타이틀로 바꿔 달고, 심하게는
파양하거나 유기하는 사람들도 있다. 천만이 넘어가는
반려인 시대에 개인 사정이라는 이유로 반려동물의
마지막을 지키지 않는 사람들에 대한 기사를 보거나, 1년에
버려지는 반려동물의 수가 수치화된 그래프는 봐도 봐도
믿어지지 않는다. 한때 가족에게도 그러는데 길에서 만난
생명에 병원비를 쓰는 일이란 쉽지 않은 일이다.

"나무는 칼리시바이러스 감염증 같아요."

고양이와 병원에 온 경험이 적은 만큼 태어나서 처음 듣는
단어가 우리 앞에 놓였다. 그리고 곧 이런 목소리도 들었다.
"나무 보호자님, 오늘 병원비 나왔습니다." 그 소리와 동시에
새끼 고양이를 구조해서 붕 떠 있던 두 발이 땅에 착! 붙는
현실로 돌아왔다. 병원비는 많이 나오지 않았다. 앞으로
얼마가 나올지 모른다는 사실이 조금 걱정이 될 뿐.

우리는 안약을 받아 들고, 플라스틱 상자에 나무를 담아서
나왔다. 나무는 이 상황을 아는지 모르는지 잠을 많이 자서
피로가 좀 풀렸는지 부어오른 눈이지만, 그 눈에 활기가
돈다. 새끼 고양이의 눈 색깔은 멜라닌 세포가 어느 정도
활성화되느냐에 따라 달라지는데 성장하면서 고양이가 가진

원래의 눈 색깔이 나타난다고 한다. 아깽이 시간이 지나고, 엄마 배 속에서 가지고 나온 배내털이 새로운 털로 덮이고, 유치가 빠지고 영구치가 나올 때쯤 평생 가지고 살 눈의 색깔도 바뀐단다. 나무의 지금 눈은 살짝 회색빛이 돈다. 너의 눈동자는 어떤 색일까? 호박색? 연두색? 파란색은 나올 일 없을 것 같고. 어떤 색이든 두 눈이 그대로 남아 너의 색이 만들어지면 좋겠다는 생각을 한다. 앞으로 나올 병원비는 어떻게든 되겠지, 하는 마음도 함께 가지면서 너를 태운 차에 시동을 건다.

숲에 내려두면 싸지 않을까?

나는 개와 함께 산책을 한다. 한 바퀴를 돌면 1.9km가
되는 산책로를 오전과 오후 두 번 돌고, 잠들기 전엔 쉬야
산책이라고 이름 붙인 배변 산책을 한다. 우리 동네에는 올레
2코스가 지나는 근사한 산책로가 있는데 공식적인 이름은
'오조포구'지만 나는 이 산책로를 옛 속담에 '등잔 밑이
어둡다'라는 말에서 착안해 성산 일출봉의 등잔 밑이라고
부른다.

　오조포구는 산책 내내 성산일출봉이 따라다니고, 맑은
날엔 한라산도 볼 수 있다. 식산봉이라는 작은 오름이
있는데 10분도 안 되어 정상에 오를 수 있고, 정상에선

성산일출봉과 우도가 펼쳐진다. 겨울이면 철새가 날아오고, 계절에 따라 각기 다른 새가 울어대며, 오래전에 양식장으로 쓰던 물가에선 물고기들이 튀어오른다. 바닷물이 빠지는 날이면 사람들이 나와 조개를 캐고, 물 빠진 뻘 위로는 게들이 바쁘게 움직인다. 이렇게 멋진 곳을 사람들은 잘 모른다. 세계자연유산인 성산일출봉이나 섬 속의 섬인 우도에 가기 바빠서일 거다. 그 덕분에 나와 우리 집 개 호이와 호삼인 사람이 드문 오조포구의 대자연을 매일 누리며 산책을 하고 있다.

개들에게 산책은 에너지 발산, 배변 활동, 영역 표시, 노즈워크 등 다양한 외부활동을 하는 시간이 되어 주는데, 호이와 호삼이는 실내 배변을 하지 않는 친구들이라 배변 활동을 위한 산책이 주목적이 된다. 그래서 나와 미정은 조금 멀리 외출했다가도 개들의 산책을 위해 일찍 돌아와야 하는데 그럴 때마다 내 발에는 보이지 않는 투명 족쇄가 채워진 것 같은 기분이 들곤 한다.

그런 습관 때문이었는지 몰라도 나무와 병원에 갔다 오는 길에 우리는 나무도 쉬가 마려울 거라는 생각이 들었다. 나무는 병원에 오느라 1시간, 대기하고 진료하느라 1시간. 그 전에 쉬를 쌌는지 체크하지 못했으니 최소 3시간이나 지난 상태였다. 충분히 쉬가 마려울 시간이다. 미정과 대화 끝에 아직 집에 가려면 1시간이 더 남았고, "나무가 오줌이 마려워

차에 싸거나 하면 어쩌지?", "고양이 오줌은 냄새가 지독해서 만약 조금이라도 묻으면 물건을 다 버려야 할 정도라던데…." 같은 이야길 나누며 우리는 한적한 공원을 찾아가기로 했다.

이 글을 보고 있을 당신의 생각이 맞다. 우리는 고양이를 공원 바닥에 내려놓고, 쉬를 하게 하려고 했다. 지금 생각하면 엉뚱한 짓을 넘어 미친 짓에 가까웠지만 미정과 나는 개랑만 10년째 살고 있는 개파라고 하지 않았나. 그래서 그때까지만 해도 사고가 개에 맞춰져 있었다. 우리는 한적한 공원에 가서 나무를 내려두었다. '도망가면 어떻게 하지?'라는 생각을 안 한 건 아니지만 나무는 다리를 절고 있었기 때문에 도망가도 우리가 잡을 수 있다고 생각했다.

나무를 바닥에 내려놓고, 미정은 "쉬− 쉬−" 아이에게 쉬를 유도하듯 '쉬'라는 소리를 냈다. 갑자기 땅 위에 내려진 나무는 어리둥절한 표정을 지으며 쉬는커녕 냅다 뛰기 시작했다.

우리는 너무 놀라 빠르게 나무를 잡았다. 만약 잡히지 않았다면 나무는 지금 우리와 살고 있지 못했을 거고, 고양이를 숲에서 쉬를 누게 하느라 놓쳤다는 이야기를 사람들이 알게 된다면 고양이를 키우면서 절대 하면 안 될 행동으로 두고두고 회자될 대사건이 펼쳐질 순간이었다. 우리는 놀란 가슴을 부여잡고 나무를 다시 차에 실었다. 고양이를 처음 데리고 집에 왔을 때 놀이터 모래나

바닷모래를 퍼 왔다는 초보 집사들의 고알못 시절의
에피소드들을 들으면 깔깔대곤 했는데 우리는 그보다
더했다는 생각이 든다. 고양이는 개와 다르다는 걸 다시금
알게 된 순간이었다.

고양이가 중하지 인테리어가 중한가?

나무와 함께 다시 집에 돌아왔다. 우리 집 둘째이자 막둥이인
호삼이가 나무가 담긴 상자 안이 궁금한지 두 발로 일어서서
냄새를 맡는다. "호삼아 하지 마. 애기 위험해." 호삼이를
옆으로 밀고, 집 안으로 들어간다.

　이제 나무는 우리와 며칠 또는 몇 주, 길게는 몇 달 정도
있게 될 예정이다. 건강한 개체면 입양이 빠르겠지만
나무처럼 아픈 개체라면 입양을 보내는 쪽에서도 어떤 일이
벌어질지 몰라 섣불리 입양을 권하기 어려운 일이다. 나무는
아직 너무 작고, 칼리시바이러스 감염증으로 예방접종도
못하고 돌아온 상태라 지금 당장 누군가에게 입양을 권하기

어려워졌다. 최선을 다해 나무를 건강한 개체로 만들어야 한다.

병원에서 몸무게를 잰 나무는 500g이 조금 넘었다. 손에 안으면 바스러질 것처럼 뼈가 말랑말랑하다. 20kg에 육박한 두 마리의 개가 있는 바닥에 내려두긴 너무 위험해 1층을 지날 때는 안고 다녔다. 뒷다리도 불편하고, 사람이 안는 걸 크게 싫어하지 않아 잘 안겨 있었다. 나무는 2층에 데려다두고 개들과는 자연스럽게 분리를 해두었다. 그렇다고 해서 집의 위험요소가 사라진 건 아니었다. 내가 잠잘 때만 올라가는 2층은 성인에겐 위험하지 않지만 새끼 고양이는 떨어지면 목숨을 잃을 수도 있는 높이다.

나는 다이소로 가서 혹시라도 나무가 떨어질 가능성이 있는 곳을 막을 철망을 구입했다. 그리고 난간과 계단 출입구에 철망을 덧대기 시작했다. 그러던 중에 나무가 난간 구석으로 가겠다고 걸음을 옮기다가 1층으로 떨어질 뻔했으나, 얼굴 절반만큼이나 큰 앞발과 발톱을 이용해 버둥거리며 기어올랐다. 철망 작업 중 그 광경을 본 나는 몸에서 피가 다 빠져나가는 것 같았다. 나무는 성치 않은 몸이긴 했으나 잠만 자던 요 며칠과 달리 호기심이 발동하기 시작했다. 그런 나무를 안전한 곳으로 옮겨두고 빠르게 철망 작업을 했다.

"한카피 님은 고양이 키울 생각은 없어요?"

언젠가 내가 진행하는 팟캐스트 〈니새끼 나도 귀엽다〉에
나온 출연자가 했던 질문이 떠올랐다.

"고양이요? 전혀요. 취미로 모으는 피규어도 많고…
걔들 다 피할 수 있으면서 일부러 떨군다면서요? 그리고
인테리어상 고양이랑 나는 안 맞아요".

"인테리어요?"

"네, 고양이 키우는 친구들 보면 고양이 집에 사람이 사는
건지 구별이 안 되게 짐도 많고… 저랑 안 맞아요. 전 개가
좋아요."

그랬다. 인테리어… 나는 인테리어에 신경을 '쫌' 쓰는
사람이었다.

중·고등학교 때도 방 꾸미기에 여념이 없었고, 도배라도
하는 날이면 내 방 벽지는 꼭 내가 골랐고, 고등학생 때는
엄마가 사 온 이불이 덮기 싫어서 집에서 먼 동대문시장까지
가 침구를 사서 돌아오기도 했다. 제주도에 집을 짓고 나서는
섬이라는 제약 때문에 가구를 구입하는 게 쉽진 않았지만
그래도 집안의 모든 것을 내 마음대로 사고 고를 수 있어
좋았고, 나름 집 꾸미기에 애착이 있었다.

그런데 내가 저 조그마한 놈 하나 때문에 집을 온통
다이소 철망으로 감싸고 있다니… 속으로 이런 말을
하면서 난간에서 나오는 길에 고양이 화장실이 있어,
몸을 비틀며 협소한 공간을 빠져 나왔다. 안 그래도 좁은

집인데 역시 고양이는 아니라는 생각이 들었다. 나무는
아직 화장실뿐이지만 잠시 임보했던 하꿀이는 한 달도 안
되는 시간에 숨숨집, 스크래쳐 트럭, 장난감 등 짐이 점점
늘어갔다. 다른 집은 캣타워에 캣휠까지⋯ 개들과는 다르게
부동산을 깔고 앉을 많은 살림이 고양이와 함께 따라왔다.
'역시⋯ 나는 고양이는 아니야.' 다이소 철망 덕분에 다시금
개파로 살고자 다짐하는 날이었다.

임보를 위한 좋은 핑계 '나무스타그램'

나는 아주 오랫동안 인스타그램을 했다. 2013년쯤
시작했으니 벌써 10년이 넘었다. 인스타그램을 처음 접한
건 다니던 광고회사 디자이너 실장님 덕분이었다. 늘 새로운
이미지를 찾아야 하고, 일명 '빠다 냄새' 나는 외국 사진
자료를 찾아야 하는 디자이너들에겐 재미있는 앱이라며
"한카피도 이거 해봐요. 내가 원하는 단어(해시태그)를
입력하면 전 세계 사람들이 올린 사진을 받아 볼 수
있어요."라는 말에 뭔지도 잘 모르면서 다운받은 게
시작이었다. 지금이야 70살 넘은 우리 엄마도 쓸 정도로
쉬운 SNS 중에 하나이고, 해시태그도 유머코드로 사용하는

사람들이 많지만 그때는 사진 하나하나가 다 스톡에 있는 이미지와 같이 퀄리티가 좋으면서도 일상 이미지라 신선했다. 하지만 디자이너가 사용하는 전문 SNS 느낌이 강해 이내 잊고 살다가 호이랑 살게 되면서 다시 관심을 갖게 됐다.

호이랑 산 지 얼마 안 됐을 때 몸통은 까맣고, 꼬리 끝은 하얗고, 머리는 갈색이라는 공통점이 있는 다른 나라의 비글들이 궁금해졌다. 나는 지웠던 인스타그램을 다시 깔고 #beagle이라는 해시태그를 쳐봤다. 일본, 태국, 영국 등 다양한 나라의 비글이 검색됐다. 나이도, 성별도, 무늬도 약간씩 다른 비글을 한참 보다가 우리 호이를 보니 우리 호이가 가장 잘생겨보이는 게 아닌가? 그렇다! 나는 내 새끼 가시까지 예쁘다고 하는 고슴도치, 일명 도치맘이었다. 그렇게 시작한 인스타그램을 어느새 10년 넘게 운영하고 있는데 호이로 시작했기에 여전히 프로필 사진은 호이가 당당하게 차지하고 있다.

처음엔 호이의 잘생기고 멋진 모습을 자랑하기 위해 만든 계정이었지만 제주생활, 길냥이, 호삼이 사진을 올리게 되었고, 친구들과 함께 구조하고 잠시 임보하게 된 개나 고양이 사진을 올리면서 인스타그램은 개와 고양이를 입양 보내기 좋은 채널이 되어 주기도 했다.

그런 이유로 입양을 염두에 둔 나무의 사진도 많이 찍게 되었는데 나무만 2층에 혼자 두기엔 너무 위험했고, 나도 나무와 함께 있고 싶어 일하는 시간 외엔 나무와 함께 침대에 있는 시간이 많아졌다. 고양이 키우는 친구의 SNS를 보면 맨날 침대에서 누워서 고양이 사진만 찍어 올리기에 "아이고, 그러다 허리 디스크 온다!"고 구박을 했는데 어느새 내가 그렇게 되었다.

다리는 절고, 한쪽만 두드러지게 큰 눈에, 코에는 묵은 때가 여전히 묻어 있고, 꾀죄죄한 이 고양이에게 10년 가까이 함께 산 개에게도 허락하지 않은 침대를 허락하고, 같이 잠도 잔다. 다이소에서 철망을 사며 같이 산 실뭉치 장난감과 손님이 마당냥과 함께 놀라며 준 초록색 털이 달린 낚싯대로 나무의 첫 장난감을 만들어줬다. 나무는 아픈 뒷다리에는 힘이 하나도 안 들어가지만 상대적으로 튼튼한 앞다리로 씩씩하게 잘 논다. 낯설어하지도 않고, 엄마를 찾지도 않고, 이 공간에 온전히 적응을 한다. 우리가 무서운 사람이면 어떻게 하려고 이 1kg도 안 되는 생명체는 아픈 다리를 끌며 최선을 다해 공을 쫓고 있을까? 밖에 그대로 있었다면 너는 살 수 있었을까? 우리는 앞으로 어떻게 될까? 나는 너를 보는 것만으로 이토록 생각이 많아지는데 너는 지금, 너무도 신이 났구나.

앞으로의 일이 막막하지만 어느새 공에만 집중하는 나무를 따라 나도 '지금'에 집중한다. 그리고 지금을 찍고,

지금을 기록해둔다. 호이와 호삼이가 가득한 인스타그램은 어느새 나무스타그램이 된다. 어떤 사진일지 몰라도 분명 이 핸드폰 너머 다른 세상에서 나무를 관심 있게 보는 사람이 있을 거야. 눈 크기가 조금 덜 차이 나는 각도로 다리는 조금 덜 저는 모습으로 찍어보자.

시드니 시간으로 사는 고양이

코로나19가 전 세계를 휩쓸기 전 나와 미정은 일 년에 한 번, 많게는 두 번씩은 해외여행을 떠났다. 예약제로 운영되는 숙소의 특성상 여행을 가려면 예약 창을 미리 막아두고 여행을 준비해야 한다. 평소에 못 쉬는 만큼 한 번 쉴 땐 좀 길게 쉬는데 짧게는 2주, 길게는 한 달을 쉰다. 그때 개들은 동네 친구들에게 부탁을 하거나, 훈련소에 맡기고 여행을 떠나게 된다.

여행을 떠나야지만 느낄 수 있는 것들이 있다. 평소엔 잘 보지 못하는 브랜드가 길게 늘어선 면세점, 게이트를 찾아 돌아다니는 설렘, 맛은 없지만 은근 기대되는 기내식,

구름을 보는 사이 넘어가는 날짜 변경선, 목적지에 도착했을 때에 달라진 시간, 비슷하면서도 나라마다 다 다른 표지판, 여행 간 나라 사람들의 옷차림, 슈퍼에서 판매되는 다른 모양의 생필품… 자국에서는 신경 쓰지 않고 넘어갈 모든 것이 새롭게 느껴지는 여행은 그곳에 사는 사람들에겐 일상이지만 나에겐 낯선 비일상을 경험하게 해준다.

도착한 여행지에서 가장 먼저 하는 일은 꺼져있던 핸드폰을 켜는 일이다. 지금이야 도착과 동시에 자동 로밍이 되어 여행지 시간에 맞춰지고 영사관에서 보내오는 주의 문자가 줄줄이 뜨지만, 아날로그시계를 찼다면 공항의 시계를 보며 현지 시간에 시계를 맞춰야 했다. 그렇게 조금은 피곤하지만 달뜬 기분으로 그곳 시차에 몸을 맞춘다.

시차는 어디로 여행 가느냐에 따라 다르다. 미국으로 간다면 12시간씩 차이가 나기도 하고, 가까운 동남아로 간다면 2~3시간 정도, 호주로 가면 시차는 불과 2시간이지만 계절이 달라져 버리니 그 또한 재미있다. 그런데 여기, 비행기를 타지 않아도 시차를 경험할 수 있는 곳이 있다. 일어날 때마다 묘한 피곤함에 여행 온 기분을 느끼게 해준다. 그게 어디냐고?

바로 새끼 고양이가 들어온 내 방이다. 이 고양이만 있으면 코로나 시국에도 방구석에서 세계 여행이 가능하다. 시계를 맞출 필요도, 계절에 맞는 옷을 챙기지 않아도 된다. 이불

속에서 바로 여행하는 기분을 느낄 수 있다.

　나무는 나를 호주 시드니로 데려다주었다. 시드니
시간으로 상큼한 아침일 수 있는 오전 7시, 한국 시간으로는
새벽 5시에 고양이는 울어댄다. 어쩌다보니 오세아니아에
시차에 맞춰 살 고양이가 우리 집에 오게 된 것이다.
혹자는 2시간이면 양반이라고 말하는 분들도 있을 줄 안다.
새벽 2시고 4시고 울어대는 고양이와 몇 년째 함께 사는
분들도 있다고 들었다. 통잠이라는 건 자본 적이 없다는
이야기도, 잠이 들만하면 머리카락을 씹거나, 가슴팍 위로
올라와 숨이 막히게 하거나, 다리 사이에서 잠들어 자세를
불편하게 하거나. 자기 마음대로 안 되면 이불에 오줌 테러를
하거나, 갑자기 토를 하기도 한다는 이야기도 들었다. 그런
어마무시한 이야기들을 앞세워 2시간 시차 정도는 애교라고
하기엔 나에게도 나름 고통이었기에 위로가 되진 않았다.

　나무는 나보다 2시간 먼저 일어나 돌아다녔다. 배가
고픈지 얼굴 근처로 와서 나를 깨웠다. 밥은 미정이
담당했다. 미정은 새벽에 밥을 주기 시작하면 계속 주게 될
거라 우리랑 지내는 동안은 새벽에 밥을 주는 일은 없을
거라고 했다. 나도 같은 생각이라 그러자고 했는데 우리
둘이 동의를 했을 뿐 정작 당사자인 나무는 동의가 안 된
모양이다. 나는 그저 이불을 뒤집어쓰고 나무가 다시 자길
바라는 수밖에 없었다.

하지만 한 번 깬 아깽이는 잠들지 않는 법. 여기저기
꽂아둔 오뎅 꼬치를 가지고 놀기 위해 집 곳곳을 뛰어다녔다.
작은 소리지만 울기도 했다. 그러다가 안 되면 내 머리맡으로
와서 내 핸드폰 줄을 씹었다. 나는 참지 못하고 일어나
나무에게 사료를 부어줬다. 나무는 사료를 먹으면 다시
잠을 잤기에 사실 문제는 간단했는데 앞으로의 통잠을 위해
주면 안 된다는 미정과 밥을 달라는 나무 사이에 낀 나만
힘들어졌을 뿐이다. 자, 우리 셋이 모여 다시금 합의를 하면
안 될까? 고양이가 우리 집에 온 지 나흘 차, 내 눈 밑에
다크서클이 드리운다.

개를 무서워하지 않는 고양이 만들기!

우리 집에는 장남견 호이가 있고, 그 이름을 이어 차남견은
호삼이가 되었고, 호삼이로 인해 이름이 호사가 된
강아지 인형도 있다. 그래서인지 호일과 호영이도 있냐고
물어보시는 분들이 있는데 그런 질문이 너무 잦아 내가
호영을 맡고 미정이 호일을 맡고 있다고 이야기한다.

그리하여 우리 집에는 호0, 호1, 호2, 호3, 호4가 있다.
호사는 나무가 아니라 이케아의 고시그 골덴(Gosig
Golden)인형이다. 육지에 갔다가 골든리트리버 믹스로
추정되는 호삼이의 어린 시절과 닮아서 구매했다. 집에
도착해 여행 가방을 풀자마자 인형부터 들고 호삼이에게

보여줬더니 호삼이는 데면데면하게 굴어서 사진 한 장만 찍고, 집에 방치해두었는데 어느 날 그 인형이 내 눈에 들어왔다. 호삼이와 닮은 인형. '그래! 1층에 악어 떼처럼 걸어 다니는 개 형아들을 피할 게 아니라 적응을 시켜서 개가 있는 집에도 입양을 갈 수 있게 하자.'라는 생각이 들었다.

그날부터 나무의 특훈은 시작됐다. 나는 손으로는 호사를 움직이고, 입으로는 "으르렁, 왈왈!" 소리를 냈다. 낚싯대로만 놀던 놀이 프로그램에 강아지 인형과의 대전시간도 추가한 것이다. 나무보다 더 큰 인형을 들고, 개들이 놀 때 그러하듯 나무의 목덜미를 무는 시늉을 하고, 개가 공격하듯 나무를 공격했다. 나무도 처음엔 어리둥절하다가 장난으로 알고 콧김을 쉭쉭거리고 등의 털을 한껏 세워 자신을 과시하는 자세로 호사를 공격하기 시작했다.

"이것은 인형이 아니라 개여!" 나는 개그프로그램에 나왔던 유행어를 나무에게 맞춰 바꿔 말하며 훈련을 이어갔다. '나무야~ 지금은 2층만으로 충분하지만 이 공간이 익숙해지고, 호기심이 생기면 곧 1층에 내려가고 싶을 거야. 저 밑에는 너보다 덩치가 10배는 큰 형아들이 있어. 그러니까 그 형아들에게 덩치로는 져도 깡으로는 이겨보자.'

이런 내 맘을 아는지 모르는지 나무는 호사와의 특훈을 즐거운 놀이시간으로, 호사를 적이 아닌 애착 인형으로 받아들였다. 훈련을 하다가 잠이 들면 인형보다 작은 모습이

너무 사랑스러워 사진을 찍는다. 나무보다 큰 호사로 고양이
엄마처럼 뒤에서 포근히 안아주는 모습을 연출하기도 하고,
서로 등을 돌리는 모습을 꾸며 찍기도 한다. 곤히 잠든
나무는 그것도 모르고 인형보다 더 인형 같은 모습으로
내가 찍는 사진의 모델이 되어준다. '나무야, 언젠가 이 집을
떠나 개 누나나 형이 있는 집으로 간다면 오늘의 훈련을 잘
기억했다가 눈 크게 뜨고, 목덜미부터 앙! 물도록 해.' 나는
속으로 나무에게 당부를 해본다. 나의 움직임에 나무가 깼다.
다시 호사를 들고 나무와 놀이를 시작한다.

서엄마의 챙김을 받는 우리들

나무는 양쪽 눈의 크기가 달라 병원에서 받은 안약을 시간 맞춰 넣는다. 우리는 나무의 눈 크기가 달라지진 않았는지 아침마다 확인했고, 미정과 나는 누가 먼저랄 것 없이 "어때? 좀 줄어든 것 같지 않아?", "눈이 커지는 건 멈춘 것 같지?" 서로 질문하기 바빴다.

사실 육안으로 보면 큰 변화는 없었지만 매일매일 확인하고 싶은 심정은 누구보다 더 잘 알았기에 우리는 "응, 좀 줄어든 것 같아. 괜찮아진 것 같아."라는 희망의 답을 주고받고는 했다. 그리고 다리에 힘이 들어가지 않아 '인어 왕자님'이라고 부르게 된 옆으로 눕듯 앉아있는 자세도 점점 달라지고 있는 것 같은 '기분'이 들었다.

나무가 2020년 9월 26일에 우리 집에 왔고, 그해 추석 연휴는 9월 30일부터였다. 나와 함께 사는 미정은 다른 때는 못 가더라도 설과 추석에는 육지의 본가로 올라가 연휴를 지내고 돌아온다. 반면 서울이 고향인 나는 게스트하우스 운영을 핑계로 설과 추석을 제주에서 보내곤 했는데 나무를 데리고 온 지 나흘 만에 추석 연휴가 되었고, 나는 개 두 마리와 고양이 한 마리와 함께 남겨질 처지가 되었다. 비상이었다.

하루에 9장씩 사진을 올리며 SNS를 원활하게 하는 나와는 다르게 미정은 일주일이 지나도 SNS가 멈춰있어서 마치 나 혼자 독박육아를 하는 것 같지만 미정은 말보다 행동으로 하는 사람이라(그렇다고 내가 말만 앞서는 사람이라는 것은 아니다, 흠흠) 집 안에서 개와 고양이의 양육에 필요한 많은 역할을 맡고 있다.

내가 아웃도어 담당이라면 미정은 인도어 담당이다. 내가 하루에 두 번 개들과 산책을 나가고, 개들의 하네스와 리드줄, 배변봉투 등 외부 활동 물품을 구입하는 것을 맡는다면 미정은 호이와 호삼이의 사료, 영양제, 간식 등을 챙기고, 체중이 많이 불었다고 느끼면 다이어트도 시킨다. 각자의 분야가 너무도 분명해 미정과 함께 산 뒤로 내가 호이와 호삼이의 사료를 시켜본 적이 없을 정도다.

나무의 일도 마찬가지였다. 얼마나 꼼꼼하게 나무를
챙기고 있었던지 제주를 떠나기 전 나에게 메모를 하나
보내줬는데 내용은 이랬다.

< 메모

나무 To do list

알약: 오전 10시 / 오후 10시 2번

안약: 코솝 1번 / 오프록 5번

코솝은 눈을 뒤집어 검은자가 진해지는 지를 확인해야 해요.

그 외에

약 때문인지 모르겠는데 변비기가 조금 있으니 물을 좀더 잘
먹여주세요.

직접 물을 잘 먹지 않는 편이라 물 앞에 얼굴을 놓아야 물을 촵촵촵
먹어요.

밥은 수시로 먹으니까 비어있으면 채워주세요. 대략 하루 꼬박 한
스푼 정도 먹어요.

알약 먹일 때 약이 좀 큰 편이라 알약을 꼭 다 삼켰는지
확인해주세요. 그게 아니라면 캡슐 속 가루를 츄르에 섞어 주세요.

스크래처 쪽에 올라타면 철망이 낮으니까 자리를 비울 때
스크래처를 이동해주세요.

다른 간식도 너무 크면 못 먹어서 자잘하게 잘라서 주세요.

놀이는 꼬치봉으로 놀아주세요.

계단 앞 쓰레기통 철망 쪽을 주의해주세요. 나가려고 하고 탈출
경험이 한 번 있어요.

오줌과 똥을 아주 자주 싸니 잘 치워주세요.

누구야, 누가 BGM을 깐 거지? 나만 들리는 건가? 어디서
신승훈의 'I believe'가 들리지 않나요?

그랬다. 고작 나흘을 함께 보낸 고양이의 돌봄 목록이
이렇게나 길고 자세했다. 고양이를 집으로 들이고, 호사로
특훈을 시키고, 새벽에 괴롭힘에 못 이겨 사료를 주는 사이
미정은 이렇게나 세심하게 나무를 챙기고 있었다. 알약과
안약을 투약시간에 맞춰 주고, 나무의 행동과 철망의
높이까지 파악해서 주의사항을 적어두다니. 미정은 말하지
않고, 내세우지 않지만 늘 이렇게 나와 동물 가족들을 챙기고
있던 거였다. 눈물이 살짝 났다. 다시 메모를 글로 옮기는
지금도 잊고 있던 따뜻함이 떠오른다.

무슨 일이든 일단 시작하는 걸 중요하다고 여기고,
벌렸다면 요란해야 하고, 미완이라도 세상에 빨리 낸 다음
다듬는 게 중요하다고 생각하는 나와 다르게 벌린 일이라면
끝까지 책임지고, 일은 차분하게 진행하고 미완이 아닌

완성된 모습으로 세상에 내고 싶은 미정으로 인해 우리의
의견은 자주 충돌하지만 어쩌면 이토록 다른 사람이라
지금까지 호이와 호삼이 그리고 나무와 함께 지내고 있는 건
아닐까?

　미정이 고향으로 갔다. 나는 이제 미정의 몫까지 해내려
한다. 미정이 오면 아주 요란하게 "내가 이렇게 잘 돌봤어!
나무 눈 좀 봐. 완전 초롱초롱하지!"라는 말을 전하기 위해.

모두의 사랑으로 크는 고양이

나의 선택이긴 했으나, 제주에 와서 사는 건 낭만보다는
생존에 가까웠다. 사회생활은 회사생활밖에 안 해봤는데
초고속 승진을 해 나홀로 사장인 자영업자가 되니 무엇부터
해야 좋을지 모르는 날이 많았다. 그래도 글을 쓰던 정체성은
놓치고 싶지 않아서 제주에서 생활하는 걸 블로그에
써보기로 했다. 제주도에 오려고 했던 결심부터 집을 짓는
과정, 그리고 생활하는 모든 것을 기록했다. 그러다 보니
하나둘 지켜봐주는 이가 늘어났고, 팔로워로 통칭되는
랜선 너머의 인연이 많이 생겨났다. 나의 두 번째 책이자
호이와 호삼이의 이야기를 쓴 『호호브로 탐라생활』도

출판사 편집자님이 내 블로그의 오랜 구독자여서 이어진
인연이었다. 그저 한자리에서 숙소를 운영하며 글을 쓸
뿐인데 많은 사람이 응원을 해준다. 내 마음 편하자고 동물을
들이고, 임보를 하고 입양을 보내는 일에도 정말 많은 힘을
보태준다.

　하꿀이를 입양 보내고 얼마 지나지 않아 나무를 임보하자
랜선 이웃들의 응원이 또 시작됐다. 나무가 아픈 것을 알고
병원비를 보태고 싶다는 DM과 댓글이 달렸다. 숙소를
운영하다 보니 계좌번호가 공개되어있어 내 의사를 묻지도
않고 입금을 한 뒤 연락하는 분과는 대화를 하며, 감사인사를
전하지만 입금만 하고 따로 연락하지 않는 분들도 많았다.

　나는 구조를 하더라도, 내가 책임질 수 있는 선에서 하는
게 맞다고 생각하는 편이다. 물론 굉장히 많은 돈이 들어가는
상황이라면 모금을 할 수도 있겠지만 모금을 한다면 그
과정은 투명해야 한다. 진짜 도움이 필요한 동물 친구들이
구조되었을 때 "후원금 보내 봤는데 어떻게 쓰이는지도
모르는 일이 부지기수더라. 난 이제 그런 거 안 해."로 끝나선
안 되기 때문이다.

　그런 이유로 SNS에 정중하게 나무에 관련된 후원금은
받지 않으니 마음만 받겠다는 글을 썼다. 나무의 병명은
칼리시바이러스였고, 입양을 보내기 전까지 안압을 낮추고,
예방접종 정도만 해서 보내면 되기에 큰돈이 들 일은 없었다.

그래도 아깽이와 고군분투하는 나와 미정이 안쓰러웠는지 이동장 없이 플라스틱 박스에 담겨 병원 가는 나무를 위해 배낭 형태의 이동장, 공이 들어간 스크래처, 우유 박스 숨숨집, 건전지를 넣으면 도는 오뚝이 모양의 장난감, 불이 반짝거리는 터널형 장난감 등을 보내준 분들이 있어 급한 대로 실뭉치와 쥐 모양 스크래처만 사둔 우리에게 그 선물은 육묘 초기에 정말 큰 도움이 되었다.

나무는 공이 들어있는 스크래처를 가장 좋아해서 집에선 늘 나무가 앞발을 넣어 공을 굴리곤 했다. 공 안에는 작은 구슬이 들어있어서 챠라락챠라락 소리가 났는데 그게 소음으로 들리는 게 아니라 아이 키우는 집 딸랑이 소리처럼 행복감이 느껴지는 소리였다. 나중에는 공을 빼는 법을 터득해 집안 구석구석에서 공이 발견되기도 했는데 그럴 때마다 빙그레 웃음이 지어졌다. 배낭형 이동장은 나무가 좋아하는 인형인 호사랑 넣어두면 숨숨집처럼 안락해했다. 그래서 병원에 갈 때는 뚜껑만 쓱 닫아서 차에 싣기만 하면 돼서 아주 편안한 아이템이 되어 주었다.

개만 키울 땐 전혀 몰랐던 세상을 하루하루 살아간다. 혼자였다면 시도조차 하지 못했을 텐데 미정이 있어 용기 낼 수 있었고, 얼굴도 모르는 랜선 너머의 이웃이지만 그분들이 있어 지도 한 장 없던 길에 내비게이션을 단 것마냥 쉽게 걸어갈 수 있게 되었다. 육묘는 아이템빨이라고 했던가?

아니다. 나무의 육묘는 관심과 사랑, 그리고 랜선 이웃의
응원 덕분이다.

샘이 많아 호샘이

개만 살던 집에 고양이가 들어왔다. 문장 그대로 우리 집에 벌어진 일이다. 밖에 살던 고양이가 어떻게 우리 집에 들어왔고, 아파 보여 찾은 병원에서 병명을 알게 됐고, 나무나무라는 이름이 생겼고, 개들을 무서워하지 않기 위해 호사로 특훈을 하는 중이니 이제 그 집에 사는 '개들'은 이 상황이 괜찮은지 들어볼 차례다.

호이와 호삼이의 이야기는 『호호브로 탐라생활』이라는 책에 담겨있지만 지금 호이와 호삼이에 대해 처음 접한 분들을 위해 간단한 설명을 하면, 우리 집에는 개 두 마리가 살고 있다.

예민하고, 까다롭고, 반려인이 외출했다 돌아와도
반겨주지 않고 누워만 있는… 사람이 만지는 것을 싫어하고,
너무 싫으면 무는 것으로 의사를 표현하는 2013년생 장남
호이와 밥을 잘 안 먹어서 빼빼 마르고, 달리는 걸 좋아하고,
사람을 좋아해 한 번 본 이모들은 기억했다가 반겨주고, 집
앞에 3분만 나갔다 와도 3일을 못 본 것처럼 반가워하는
사랑둥이 2015년생 호삼이가 있다.

　이런 개들이 사는 집에 임시지만 고양이가 들어왔다.
호삼이는 이 고양이가 무척 궁금해서 처음 올 때부터 두
발로 서서 박스에 담긴 생명체의 냄새를 맡았고, 개들을 피해
높은 곳에 올려둘 때도 마찬가지로 일어나서 냄새 맡기에
열중했다.

　그런 호삼이와 다르게 호이는 전혀 관심이 없었다. 그저
자기 앞으로만 안 지나가면 이곳에 누가 있든 말든 상관이
없었다. 호이는 반려인들의 사랑을 갈구하는 타입이 아니다.
그래서 나눠가질 사랑이 없고 평소에도 만질 수가 없어서
딱히 달라진 것이 없다.

　하지만 호삼이는 안절부절못한다. 왜 인간들이 저 작은
동물만 쳐다보고, 자신이 냄새라도 맡으려고 치면 "호삼이
하지 마!"라는 말을 하는지. 평소에도 샘이 많아 자기가
아는 이모들의 사랑을 독차지하고 싶어했고 호이는 만지지
못하니 많은 분이 호삼이를 더 예뻐할 수밖에 없어서 의도치

않게 독점적으로 사랑을 받았는데, 이제 놀러오는 이모마다 나무를 먼저 찾으니 호삼이의 기분은 울적해졌다.

예전엔 이런 일이 있었다. 집에서 일하는 나와 달리 출퇴근을 하는 미정은 오후 5시가 조금 넘으면 집에 온다. 퇴근 후엔 마땅히 갈 곳이 없어서 집에서 여가를 보내곤 하는데 그날따라 미정이 드라이브를 가자고 했다. 어디 식당이나 카페를 가자는 것도 아니고 콕 짚어 '드라이브'를 가자고 했다. 3월이라 유채꽃이 피고, 봄바람이 불던 저녁이라 "드라이브 좋지."하고 따라나섰다. 그런데 이상하게 그날따라 집을 나가기가 굉장히 어려웠다. 차를 타려다 뒷정리할 빨래가 보여 이것까지만… 하며 정리를 했고, 차에 타 출발하려는데 옆집 할머니가 호박을 주는 바람에 그걸 받아서 집에 두고 나오느라 또 늦어졌다.

차에 탄 우리 둘은 얼굴을 마주 보며 "아이고, 외출 한번 힘드네."하고 해안도로 5분쯤 달렸을까? 갑자기 백구가 튀어나와 피할 새도 없이 차로 치게 됐다. 제주에 살면서 흔하게 보던 동물을 치는 차 사고가 우리에게도 벌어진 것이다. 우리는 너무 놀라서 차를 세우고 백구에게로 달려갔다. 불행 중 다행인 건 해안도로라 속도가 높지 않았고, 백구가 빠르게 달렸던지라 꼬리와 뒷다리를 다친 것을 제외하면 생명엔 지장이 없어 보였다. 트렁크에서 담요를 꺼내와 백구를 감싸 안고 차에 실었다. 퇴근 후의

드라이브였던 지라 병원도 곧 문을 닫을 시간이었다. 나는 급한 대로 병원마다 전화를 걸어 몇 시까지 여는지 확인하고, 기다려준다는 병원을 향해 달려갔다. 그리고 우리는 "얘 만나려고 그렇게 시간을 딱 맞춰 목적도 없는 드라이브를 나왔나 보다."하고 이야기를 나눴다.

그 백구는 다친 꼬리를 단미하고, 부러지진 않았지만 금이 간 다리를 깁스한 채로 우리 집에 오게 되었다. 영화 〈캡틴 마블〉이 한참 상영 중이라 어려운 이 상황에도 이겨내자는 의미로 캡틴 마블의 인간 시절의 이름인 '캐롤'이라는 이름을 지어주고, 임보를 시작한 적이 있었다.

천둥벌거숭이의 백구를 데리고 와 치료하고, 씻기고, 다리가 붙을 때까지 기다렸다가 산책 훈련을 시키고, 그렇게 6개월을 함께 지내다 캐롤이는 충청도 서산으로 입양을 갔다. 그때 캐롤이가 가장 많이 의지한 것이 호삼이었다. 캐롤이는 예민한 호이에게는 장난도 못 치면서 호삼이에겐 눈뜨자마자 장난을 걸었고, 다리가 긴 호삼이의 뒷다리를 너무 물어대서 호삼이 다리엔 피딱지가 여기저기 붙어있었다.

호삼인 개들의 몸짓 언어인 카밍 시그널(Calming Signal)을 캐롤에게 알려줬고, 둘은 참 다정하고 신나게 놀았다. 그래서 캐롤이가 입양이 확정되고 떠나고 나면 호삼이가 많이 외롭겠다는 생각이 들었다. 그런데 웬걸

우리의 생각과 다르게 캐롤이가 떠나자 호삼이의 얼굴이
밝아졌다. 육견을 하느라 내려앉은 다크서클이(진짜 말 그대로
다크서클이 생긴다) 사라졌고, 애교가 더 많아졌다. 호삼이는
어쩔 수 없는 상황을 그저 받아들였던 것뿐이지 갑작스레
생긴 임시 동생이 그렇게 좋은 건 아니었나 보다.

　나무도 마찬가지다. 호삼이의 얼굴에 또 그늘이 드리운다.
하나 다행인 건 나와 미정도 캐롤이로 인한 학습효과가
있었던지라 우리 집에 방문하는 이모들에게 "호삼이 먼저
만져주세요.", "호삼이를 충분히 예뻐해준 다음에 나무를
아는 척해주세요."하고 안내를 한다. 호삼이의 이름을
불러주고, 호삼이를 먼저 만져주니 호삼이 얼굴에 웃음꽃이
핀다. 호이는 그러거나 말거나 한번 쓱 쳐다보고 방으로
들어간다. 새로운 생명이 자신의 영역에 들어왔으니
동물들도 알게 모르게 스트레스가 있을 것이다. 그걸 살피고
배려하는 건 인간의 몫이다.

　고양이를 덥석 안아 집으로 들인 것도 인간인 내가
만들어낸 일 아닌가. 조금 더 살피고, 조금 더 챙겨야 한다.
그래야 모두 행복하다. 호이도 호삼이도, 나무도 그리고 더
나아가 나와 미정도.

나무가 사라졌다!

고향에 갔던 미정이 돌아왔다. 나무랑 지낸 지도 보름이
넘어간다. 나무는 여전히 2층에서 지내고 있고, 나무가
내려오지 못하게 철망을 둘러 두고, 신경 써서 지켜보고
있다. 그래도 자리를 비우기 너무 불안했다. 미정은 출근을
했고, 나는 게스트하우스의 청소를 미루며 나무랑 더
누워있었다.

조금만 더, 조금만 더 귀여운 나무와 함께 있고 싶은
생각에 10시부터 시작해야 할 청소가 10시 반, 11시로
밀리고 있었다. 이러면 안 되지 싶어 마음을 굳게 먹고,
나무를 두고 청소를 시작했다. 우리 집은 게스트하우스 옆

건물이다. 1층의 절반은 손님들이 이용하는 카페 공간이고, 그 뒤는 복층형 원룸인데 세탁기나 청소 도구가 이곳에 있어 청소 중에도 필요한 것이 있으면 왔다 갔다 했기에 언제든 나무를 보러 올 수 있었다.

청소 시간은 두 시간. 별일 있겠어? 중간에 보러 오면 되지, 하는 맘으로 일을 하러 갔다. 나무는 칼리시바이러스로 오른쪽 눈과 다리가 불편하긴 했지만 어느 정도 2층 공간에 익숙해졌다. 화장실도 잘 사용했고, 선물로 받은 숨숨집에서도 잘 놀았다. 1층으로 이어진 철망을 넘어서 탈출을 시도했지만 아직 키가 작아 실패로 돌아가거나 인간에게 잡히곤 했다. 집에 온 지 얼마 안 됐을 때는 오랜 시간을 잠에 투자하더니 이제는 놀이에 시간을 투자 중이라서 걱정이 됐지만 인간에겐 할 일이 있는 법.

청소하는 내 손은 그 어느 때보다 빨라졌다. 마음이 바빴고, 종종걸음으로 청소를 했다. 몇 주 전만 해도 내 인생에 없던 고양이인데 이제 하루 중에 가장 많은 시간을 나무를 생각하고 신경 쓰고 있었다. 청소를 빠르게 마치고 집으로 왔다. "나무야~ 나무야~" 이름을 부르며 2층으로 올라갔다.

이제 나무랑 침대에서 놀면서 한숨 자야지, 하는 마음으로 나무를 찾았다. 그런데 이상했다. 나무가 2층 어디에서도 보이지 않았다.

나무가 잘 가는 구석 자리 서랍장 밑을 봐도 없었다. 밤에
잠을 자는 종이 방석 안에도 없었다. 낮에 들어가 놀곤 하는
우유갑 모양의 커다란 숨숨집 안에도 없었다. 혹시 이불
속을 파고들었나 싶어서 이불을 휙 젖혀 보았는데도 나무가
없었다. 나무가 없다. 나무가… 없다.

거울을 보지 않아도 확실히 알 수 있었다. 내 얼굴은 분명
창백했으리라. 평소 아무리 더워도 땀 한 방울 안 흘리는
내가 이마와 등에서 식은땀이 났다. 철망을 넘어 1층으로
내려왔다. 나무의 이름을 계속 불렀지만 나무는 부른다고
나타나지 않았다. 혹시나 해서 화장실 문을 열어보고, 세탁실
문을 열어봤다. 그 어디에도 보이지 않았다.

"개들이 물려고 해서 도망갔을까?"

도리도리, 고개를 도리질 친다. 호이가 무는 개이긴 하지만
다른 동물을 먼저 물었던 적은 없으니 그럴 리 없었다.
그럼 나무는 어디로 갔을까? 당황해서 눈물이 날 것 같다.
미정에게 전화해 나무가 없어졌다고 말했다. 미정은 그게
무슨 소리냐고 했다. 나도 믿어지지 않는데 미정도 믿을 수
없었겠지. 미정은 잘 찾아보라는 말과 함께 전화를 끊었다.

나무는 분명 집 안에 있을 것이다. 나는 다시 2층부터
1층을 천천히 꼼꼼하게 뒤지기 시작했다. 그리고 드디어,
생각지도 못한 장소에서 나무를 찾았다. 1층 호삼이의 집
방석 위에서 나무는 겁에 잔뜩 질린 얼굴로 몸을 웅크리고

있었다.

"야!!! 너 여기 어떻게 내려왔어!!!" 너무 놀라서 나무를
들어 안았다. 목덜미가 축축하진 않은지 개들의 공격을 받은
건 아닌지 여기저기 만져봤는데 다행히 물린 것 같진 않았다.
나무가 여기 있었다며 미정에게 사진을 찍어 보냈다. 발견된
장소를 보고 미정도 기겁을 했다.

놀란 마음을 진정시키며 나무를 데리고 2층에 왔다.
나무를 침대에 내려놓았다. 서 있지 못하고 풀썩, 주저앉는다.
뭐야, 하고 다시 세워두니 나무가 다리를 질질 끌며 걷는다.
아프긴 했지만 다리 상태가 이 정도는 아니었는데? 나는 다시
미정에게 나무가 심하게 다리를 끈다고… 문자를 보냈다.

나무는 1층에 어떻게 내려갔을까? 계단을 하나하나
밟고 내려갔을까? 아니면 2.5m는 되어 보이는 2층에서
떨어졌을까? 다리도 눈에 띄게 좋아지고 있었는데… 눈만
말똥말똥 뜨고 나를 보는 나무를 보니 일을 더 미룰걸, 조금
더 나무를 지켜볼걸, 나무가 잠든 다음에 움직일 걸 하는
후회와 미안한 마음이 밀려왔다.

나무의 눈은 지켰지만 아니야, 아직은 때가 아니야!

나무의 눈과 다리 상태를 알아보기 위해 동물병원에 갔다. 나와 미정은 동물병원에 갈 때 2인 1조가 되어 움직인다. 서울에 살 때는 아파트 단지 안에 걸어갈 수 있는 병원이 한 블록 거리에 있어서 예방접종 같은 건 산책하듯 가면 됐다. 하지만 여기는 제주, 동물병원이 많지 않다. 혼자 차를 타고 가다가 혹시라도 있을 차 사고나, 차 안에서 벌어질 돌발상황에 대비하는 차원에서 우리는 함께 움직인다.

  나야 시간 운용이 자유로운 편인데 작은 가게를 운영하는 미정은 오전 근무를 하지 않고 가는 거라 비용적인 손해도 발생한다. 지금처럼 검진을 받으러 가는 거면 아프지 않은 상태에서 차를 타는 거라 차멀미만 조심하면 되지만 반려동물이 뭔가를 잘못 먹었거나, 물림 사고를 당했을 때 1시간 거리는 정말… 끔찍하게 긴 거리다. 제주도에 단속 카메라는 또 얼마나 많은지….

그렇게 1시간을 달려간다고 해서 바로 들어갈 수 있는 것도 아니다. 나야 변방의 '리'에서 출발했지만 동물병원 바로 앞에 사는 '동' 사람들은 5분 전에 출발했을 수 있다. 병원 오픈 시간에 맞춰 첫 진료를 보기 위해 한 시간 전에 출발해도 1등이 되지 못하는 이유는 그러하다.

몇 주 만에 다시 찾은 N병원에서 나무를 꺼낸다. 전과 달라진 점이 있다면 플라스틱 박스가 아닌 이동장에서 나무를 꺼낸다는 것이다. 몇 주 만에 장족의 발전! 나무의 눈도 발전했을까?

수의사 선생님은 나무의 눈을 요리조리 관찰하고, 동체시력의 반응을 보기 위해 눈앞에서 사물을 흔들어보고, 동공의 반응을 측정하고, 동공을 꾸욱 눌러보는 작은 기계로도 나무의 안압을 살펴봤다. 그러더니 "괜찮은데요? 실명하진 않을 것 같아요. 이대로 관리만 해주면 됩니다. 다만 눈은 압력으로 인해 커진 상태라 다시 줄어들진 않습니다. 지금은 한쪽 눈이 커 보이는데 조금 더 자라면 어색하지 않게 밸런스가 맞을 거예요."

다행이었다. 비록 눈 크기는 달라도 우리는 나무의 눈을

지켜낼 수 있었다. 선생님은 남은 안약을 잘 챙겨주면
되고, 그 후엔 약을 더 넣지 않아도 된다고 했다. 그리고 더
이상 안압이 진행되지 않게 유지한 우리의 공로를 치하해
주었다. 이제 다리를 볼 차례였다. 나는 선생님께 점점
좋아지고 있었는데 떨어진 건지, 자기 발로 내려간 건지
모르지만 집 1층에서 발견된 이후로 다시 다리를 전다고
말했다. 선생님은 눈을 볼 때처럼 나무의 다리를 촉진하고,
엑스레이를 찍은 화면을 다시 보여주더니 부러지거나
찰과상이 생긴 게 아니라 칼리시바이러스 증상이라 크게 할
수 있는 건 없다고 했다.

그래, 나아지다가 그런 거니 또 지켜봐야겠다. 미정과
돌아오는 길 우리는 나무 입양 시점에 대해 대화를 나눴다.
"아직 아프니까 보내기 좀 그렇지?" 내가 말했다. "그래도
임보하고 있다고 정확하게 태그를 쓰고, 임보처 문의를
받는 건 할 수 있지." 미정이 말했다. '맞아. 영원히 우리랑
살 순 없지. 우린 개가 두 마리나 있고, 고양이와 살 계획은
없었으니까.' 나는 속으로만 생각했다.

그래도 혹시나 해서 던져보는 말. "너 고양이랑 살고 싶어
했잖아."

"그야 서울에 살 때고, 그때도 키울 수 없는 상황이니까
언젠가 반려동물과 함께 산다면 고양이다 정도지, 뭐."

이제 SNS에 태그를 추가할 때가 온 것 같다.

#나무는_임보중 #입양문의는DM주세요 같은 걸 써야 할까? 아니다. 아니야, 아직은 아니다.

유해한 세상에 무해한 방송, 〈니새끼 나도 귀엽다〉

나는 게스트하우스를 운영하는 자영업자이기도 하지만
평범한 반려인들을 초대해 본인의 반려동물을 자랑하는
팟캐스트 〈니새끼 나도 귀엽다〉라는 프로그램을 진행하는
팟캐스터이기도 하다. 그 시작은 3년 전쯤으로 거슬러
올라간다. 우리 마을에 살던 이연수 작가님이 반려견
'냇길이'와 함께 사는 일상을 만화로 그린 『너와 추는 춤』을
출간했을 때 북토크 사회를 본 적이 있다. 함께 사는 개
냇길이를 자랑하는 작가님의 행복이 가득한 얼굴에서 다른
사람도 자기의 개와 고양이를 자랑하는 시간이 있으면
얼마나 좋을까 생각하다가 팟캐스트를 만들어볼까? 하고

미정에게 이야길 했다. 미정은 괜찮은 취미 생활이라며
본인이 편집을 해줄 테니 기획을 해서 방송을 만들자고
했다. 그러면서 요즘 미디어가 다루는 동물권에 대한 이야길
나눴는데 TV에 나오는 동물 관련 방송들은 평범함과
거리가 멀고, 양극화되어있다 생각했다. 사람의 말을
아주 잘 듣고 교감이 뛰어난 개와 고양이라 〈세상에 이런
일이〉에 나온다거나, 아니면 반려인을 물거나, 집을 다
부수고, 분리불안에서 기인한 짖음으로 이웃들에게 피해를
줘 〈세상에 나쁜 개는 없다〉에 나오거나 둘 중에 하나였다.
그렇지 않을 때는 연예인이 펫샵에서 데리고 왔을 법한
품종묘, 품종견과 행복하게 지내는 모습이 전시되듯 나왔다.
TV에서의 반려동물은 천사거나, 악마거나 이분법적으로
다뤄진다는 생각이 들었다.

　　SNS로 시선을 돌리면 유튜브에서는 미션을 만들어 개나
고양이에게 시켰고, 인스타그램에서는 우연히 재미있는
사진이나 동영상으로 인해 팔로워가 많아지면 어떻게
키우는지에 포커스를 맞추기보다 개나 고양이의 이미지로
광고를 하고 굿즈를 만들어 파는 계정들을 보면서 생각이
많아졌다.

　　"이왕 하는 SNS, 사진 좀 잘 찍고, 운영 좀 잘해봐." 나도
자주 하는 말이었다.

　　SNS가 필수인 세상에서 '잘 보여주는 일'은 중요했다.

하지만 분명 SNS가 익숙하지 않은 사람들이 있을 거다. 'SNS 팔로워가 많은 사람=좋은 양육자'라는 건 분명 아닐 것이다. 유튜브 조회 수를 위해 잘 돌보는 것처럼 포장하거나, 인기를 이어가기 위해 입양을 하거나, 거짓으로 아프다고 해 후원을 받거나 하는 일들이 일어나는 걸 보면 유명 인플루언서의 음과 양은 분명 존재하는 듯 보였다.

그러다 내 주변을 둘러보았다. 사진을 못 찍어도 아이들 영양식을 기가 막히게 잘 챙기는 사람, 아침저녁으로 바닷가 산책을 다니는 사람, 개를 위해 차를 바꾸는 사람, 바다를 좋아하는 개들을 위해 늘 바다로 뛰어드는 사람, 길냥이를 챙기고 입양 보내는 사람, 백구를 구조하고 임보하고 해외 입양을 보내는 사람. TV에서 다루지 않으며 SNS도 잘 못하는… 그래서 투박해보이지만 애정 넘치는 사람들과 반려동물이 눈에 들어왔다. 그리고 이들의 이야기를 담아내고 싶었다. 그런 이야기들이 쌓이고 나면 이 또한 꽤 괜찮은 아카이빙이 될 거라는 생각도 들었다.

이런 생각으로 2020년 5월 〈니새끼 나도 귀엽다〉 첫 방송을 시작했다. 처음 방송을 시작할 때 고양이에 대한 임보를 경험하게 해줬던 하꿀이도 나무도 없을 시기였다(나무는 세상에 태어나지도 않았을 때 같다). 초창기 방송은 기술적으로나 진행적인 면이 미숙해 게스트로 고양이 집사가 나오면 입으로는 호응의 말을 하고 있지만 머리로는 이해를 못할 때도 많았다. 이때 내가 가장 많이 했던 말이 "제가 고알못이라서"였다.

그러다 오조리에 나타난 하꿀이를 망설임 끝에 임보를 하고, 입양처가 빨리 정해져서 시한부 임보를 하면서 고양이랑 살아볼 만하겠다는 생각을 처음 하게 되었다. 뭐든 해보지도 않고 지레짐작 나는 못할 것이라는 생각을 하꿀이가 깨준 셈이다. 하꿀이가 임보와 동시에 입양처가 정해지지 않았다면 정 많고 눈물 많은 나에게 첫 고양이는 하꿀이가 되었을 수도 있겠다는 생각을 가끔 한다. 아니… 미정이 타당한 이유를 들며 반대를 해서 그러지도 못했겠지만.

하꿀이가 있어 팟캐스터로 공감 능력도 많이 올라가고, 그 덕에 나무도 '개만 사는 집'이라는 큰 장벽을 넘어 들어올 수 있게 된 것 같다.

묘연이라는 말이 있다. 인연에서 따온 말일 것이다. 견연이란 말은 잘 쓰지 않는데 묘연이란 말은 자주 쓴다. 나무와 우리도 묘연일까? 모든 것이 준비된 것 같아서 개만 살던 집에 고양이를 보내준 걸까? 아니야… 이런 생각은 너무 이르지. 나무를 입양 보내기 위해 데리고 왔으니 홍보를 열심히 해야지.

인생은 어디로 흘러가는지 정말 가늠이 안 된다. 내가 동물을 자랑하는 팟캐스터가 되었다니, 아니 그보다 내가 고양이라는 세상에 눈을 뜨다니, 정말 인생은 모를 일이다.

Part 2

아픈 게 아니라
특별한 거야

임보를 하면 안 되는 사람

내가 사는 제주도는 돌, 바람, 여자가 많은 곳이라
삼다도라고 부른다. 살아보니 정말 그렇다. 여행으로
제주도를 왔을 때는 따뜻한 남쪽, 야자수가 펼쳐진 이국적인
섬, 바다색이 아름다운 곳이었다면 살게 된 제주는 여행책자
사진엔 찾아볼 수 없었던 거칠고, 때론 무시무시한 섬의
이면을 보여주었다. "이 섬이 그렇게 만만한 섬인 줄 아냐?"
하는 음성과 함께 칼바람으로 귀싸대기를 날려주고,
태풍이 불어 집과 차, 도로를 다 망가트리며 바람이 뭐든
다 집어삼킬 수 있다는 걸 보여주기도 한다. 여자가 많다는
건 역사적인 사건과 배를 타고 바다에 나가 돌아오지 않는

남자들의 이야기를 빌리지 않아도 스쿠터를 타고 활보하는
여자삼촌들이 많이 보이는 걸 보면 맞는 말 같다. 옆집
할머니 밭만 봐도 돌이 80%, 흙이 20%인 걸 봐선 돌도
정말 많다. 그리고 하나 더 많은 것은 개와 고양이인데 나는
이들을 포함해 이젠 사다도라고 불러도 무방하지 않을까
생각하곤 한다.

   내가 진행하는 팟캐스트 〈니새끼 나도 귀엽다〉는
제주도를 기반으로 사는 반려인을 초대해 동물 자랑을 하는
프로그램인데 이들의 면모를 살펴보면 제주도 오기 전에는
개나 고양이를 구조하거나, 밥을 챙겨주는 캣맘이었거나
하는 과거를 가진 분은 별로 없다. 제주도에 오면서 다친
개가 보이니까, 아픈 고양이가 보이니까 그냥 지나치지
못하고, 입양하거나, 임보를 하거나 했다는 분들이 대다수다.
그리고 거기에 나도 포함된다.

   그래서 어쩌다보니 나와 미정도 이 흐름대로(?) 캐롤이와
하꿀이를 임보해 입양을 보냈는데 나는 이때 임보를 해도
되는 사람과 임보를 하면 안 되는 사람이 있다는 걸 알게
되었다. 개와 고양이를 임보 기간 동안 돌보는 일은 잘할
수 있다. 호이와 호삼이에게 하듯 하면 됐다. 사랑을 주고,
사료를 챙겨주고, 반려인과 함께 살 때 필요한 '기다려, 앉아'
같은 기본적인 사인을 훈련시키고, 산책을 했다. 고양이는
오래 같이 있어 주고, 사냥놀이를 해주고, 많이 만져줬다.

미정도 마찬가지였다. 우리는 이 모든 일을 공평하게 나눠서 했고 각자 잘하는 것들을 해나갔다. 이 과정은 같다.

그런데 마지막 딱 하나 다른 건 입양을 보내고 난 뒤의 감정이다. 복잡다단한 감정들이 있겠지만 많이들 표현하는 단어를 가져온다면 그건 '시원섭섭'일 수 있겠다. 어차피 내가 평생 함께하지 못하니 좋은 입양처로 보낸 것이 시원한 마음, 그래도 정이 들어 한편으론 섭섭한 마음이다. 나는 두 감정 중 '섭섭'에 더 매몰된다. 서운하고 아쉬운 마음을 넘어 입양 보내기 전 일주일을 앓아눕고 헤어짐이 슬퍼 우느라 눈이 부어있다. 그러니까 나는 임보를 하면 안 되는 사람이다.

미정은 모르겠지만 나는 임보 중인 강아지나 고양이를 우리 집 셋째로 상정하고 이런저런 상상을 하다가, '아니야… 그래도 셋은 무리야. 그게 개든 고양이든 아무튼 무리야. 불가능한 이야기야. 우리는 집도 좁고 지금도 충분히 인구밀도, 견구밀도가 높은데 환경적으로 전혀 말이 안 되지.'하고 맘을 먹다가도 '아니, 벌써 반년이나 같이 살았는데 이대로 쭉 같이 살면 안 되나?'하는 반발심도 불쑥 올라오곤 했다. 나무를 임보하면서도 그랬다. '아니, 이 솜털이 보송보송한 애를 누구를 줘?', '정말 세상 꿀고양이 같은데 욕심이 좀 나기도 하고….' 나무를 보면서 갈등이 시작됐다. 그리고 그렇게 시간이 흐르고, 성에 안 차는 입양 문의가 하나둘 들어올 때쯤 나무의 1차 예방접종도 끝이

났다. 예방접종을 3차까지 맞추는 동안 우리는 이제 슬슬 입양처를 구해야 하지 않을까 이야기했다.

　그래, 어차피 우리가 키울 수 있는 환경도 아니고, 마음을 굳게 먹자. 정말 좋은 곳으로 입양을 보내면 내 마음은 잠깐 아프고 금방 괜찮아질 거라 생각하며 나는 SNS에 글을 썼다.

han_copy
슬로우트립

･･･

좋아요 1,977개

종종 우리는 인생의 흐름을 휙 틀어 버리는 어떤 것들을 만납니다. 영화의 어떤 신(Scene)이 될 수도 있고, 책의 어떤 문장일 수도 있고, 어떤 사람의 말일 수 있고, 동물 친구와의 어떤 만남일 수도 있습니다.

고양이와 함께 사는 걸 한 달 가까이 해보니 마냥 쉬운 일만은 아님을 느꼈습니다. 고양이를 위한 공간, 수시로 치워줘야 하는 대소변, 핸드폰을 놓고 온전히 놀아줘야 하는 놀이시간, 밤에 잠들지 않는 고양이 덕에 깨지는 수면 밸런스, 이불 위의 모래와 털, 고양이용품으로 어수선한 집 안, 방범 펜스로 꾸며진 집, 더욱 신경 쓰게 된 문단속. 어느새 깨물고 있는 전선의 관리, 사료와 물 챙겨주기, 병원 가야 하는 시간 등 생각보다 많은 에너지가 들어갑니다. 그래도 그럼에도 고양이와 함께 살고 싶은 마음이 있는 분들에게 우리 나무나무가 인생을 바꿀 어떤 만남이길 바라며 소개합니다.

이름_나무나무

성별_수컷

개월수_3~4개월 추정

중성화_아직 하지 않았음

예방접종_1차 접종완료

병력_눈이 안압이 차서 녹내장과, 엑스레이엔 이상 없는데 다리를 절어서 칼리시바이러스 추정이었으나 현재는 먹는 약도 없고, 눈도 다리도 모두 건강해진 상태. 안압은 한 번 차면 줄어드는 게 아니라서 마성의 짝눈이 될 상임. 절던 다리는 지금은 멀쩡한 상태가 됨.

성격_사람을 무척 좋아하고, 낯선 공간에 두어도 잘 놀고, 개처럼 냄새 맡고 다니는 개냥이.
잘 때 사람 곁이나 기대어 자는 걸 좋아함, 혼자 두어도 말썽을 부리는 일은 드물고, 혼자 있을 때는 좋아하는 박스에서 잠자는 것을 즐김. 사람이 오면 반쪽양말 신은 발로 마중 나옴.
한국 시간보다 2시간 빠른 시간으로 사는 시드니 고양이지만 반려인이 자는 척을 하면 금방 잠드는 편임. 새벽에 우다다가 시작될 때 모른 척하면 다시 자려고 노력하는 편임.
좋아하는 표현으로 깨물기 시작하는데 (아마도 이갈이를 하는 중) 아프다고 표현하고 장난감으로 놀아주면 그런 행동은 확실히 줄어듦.
개와 고양이에게 호의적이며 무서워하지 않음. 청소기 소리, 드라이기 소리도 무서워하지 않음.

목욕_목욕할 때 빠져나가려 조금 바둥거리긴 하지만 수월한 편임.

배변 활동_무리 없이 잘하고, 단 한 번의 실수도 없었음. 벤토 모래나 두부 모래 모두 잘 적응함.

#집사에게 바라는 점

-외동 또는 둘째로 입양 가길 바람.

-중성화수술을 꼭 시킬 사람.

-SNS에 지속적으로 소식을 전할 사람.

-나무를 혼자 두지 않을 사람.

-고양이 털 알레르기가 없는 사람.

-어떤 이유로든 파양하지 않을 사람.

#나무나무 #야이건로또다로또

한 달이 조금 넘는 시간 동안 나무에 대해 알게 된 것을 가감 없이 썼다. 그리고 공유 버튼을 누른다. 쓰고 보니 나무는 더없이 꿀고양이었고, '이런 고양이 세상에 또 있어?' 싶은 마음이 들 정도로 너무 멋진 고양이었다. 입양 글을 작성한 것만으로 벌써 눈물이 차오르는데 나무를 잘 보낼 수 있을까? 우리… 아니 내 마음에 차는 입양처라는 것이 존재할까? 역시 난 임보를 하면 안 되는 사람이라는 걸 다시 한 번 깨달으며 핸드폰을 저 멀리 밀어 놓는다.

임보처의 입양은 실패한 임보

입양 공고를 올리면 갑자기 핸드폰과 멀어지게 된다.
핸드폰이 몸에서 멀어지면 분리불안이 올 정도로 딱 붙어
지내는 일상을 사는 편인데 마법 같은 순간이 아닐 수 없다.
같은 의미로 핸드폰에 DM 알람이 오면 두근거린다. 좀 전에
올린 게시물에 단순 이모티콘 답장일 수도 있는데 혹시 입양
문의가 아닐까? 걱정한다. 응? 입양하라고 글을 올려놓고
입양 문의일까 걱정이 된다고? 이상하겠지만 아무튼 그렇다.
모르는 척 넘어가 주었으면 좋겠다.

　나무의 입양 글에 많은 댓글이 달렸다. '우리 집에 둘째만
없었으면', '한국에 있다면' 같은 댓글이 달리고, 나무의

앞날을 응원하는 말들과 친구를 소환해 공유하는 분들 사이에 '저요.'라는 댓글이 달렸다. 갑자기 화가 확 올라왔다. 지난번에도 DM으로 나무를 달라고 했던 사람이었다. 그 사람의 짧은 말로는 내가 생각하는 양육 조건과 맞지 않아 확실하게 거절했었는데 이번에 달랑 두 글자로 댓글을 단 것이다. 그 말에 나무를 덥석 줄 일도 없겠지만 정말 나무를 입양하고 싶다면 그런 태도일 수 없다.

나는 나무 이전에 캐롤이와 하꿀이, 마당냥 태평이를 입양 보냈다. 입양자들의 공통점은 이랬다. 인스타그램 메시지일지라도 진심을 담아 본인의 환경과 상황을 자세하게 적는다. 다음으로는 아이들을 직접 보고 싶어 했다. 그 이유는 본인이 많이 부족하다고 생각하며, 아이와 합을 맞춰보고 싶다는 것이다. 그리고 마지막으로 좋은 입양처에 갈 기회를 본인으로 인해 잃는 건 아닌지 매우 조심스러운 태도를 보였다. 아직 만나지 못한 사람들이었지만 DM 한 통으로도 생명을 들이는 것이 얼마나 큰 책임감이 필요한 일인지 아는 사람들 같았다. 이런 분들에게 보내도 입양 초엔 불안한 마음으로 한참을 지켜보고, 적응할 수 있게 수시로 대화를 나누는데 '저요'라니… 정말이지 예의 없는 말 아닌가.

이 외에도 임보처에 실례되는 댓글은 또 있다. 그 글은 무례하지 않고 아주 다정한 말로 적혀 있다. 본인도 따뜻한 마음을 담아 적었을 것이다. 무례한 글은 바로 반박하는 답글이라도 남기지만 이런 내용은 참 난감하다. 아마도 임보하는 분들이 가장 싫어할 댓글 No.1일 텐데 바로 '그 집에 입양 가면 좋겠네요.'나 '그 집 둘째로 좋겠어요.' 같은 글이다. 나야 내가 자처한 일이지만 임보 봉사하는 분들이 가장 두려워하는 건 "이 아이가 입양처를 찾지 못하면 어떻게 하지?"이다. 그래서 임보 기간이 끝난 후 다른 임보처로 이동하거나, 성에 차지 않는 입양처로 보내거나, 다시 보호소로 돌아가야 하는 것들이 부담과 공포로 존재한다. 개인 구조 후 임보를 하거나, 봉사를 위해 임보를 하는 분에게 "그 집에서 입양하면 되겠네요." 같은 말은 절대 덕담이 아니다.

보호소의 개나, 떠돌이 개를 구조하고 임보해 국내외로 입양을 보내는 봉사를 하는 '하루언니'는 〈니새끼 나도 귀엽다〉에 출연해 임보처의 입양은 실패한 임보라는 말을 했다. 처음 그 말을 들었을 때 '그게 왜 실패지? 어쨌든 하나의 생명을 구하고, 평생을 책임진 거 아닌가?'라는 의문이 들었다. 이 글을 보는 분들도 나처럼 생각할 수 있어 그분의 뒷말을 덧붙이자면 하나의 임보처가 사라지는 것은 다른 생명을 구할 기회가 사라지는 일이라고 말했다. 임보처만 있으면 안락사에 처한 개나 고양이를 당장 데리고 나와 입양처를 구하는 시간을 벌 수 있지만 임보처가 없어 발을 동동 구르는 사이 사그라드는 생명이 너무 많단다.

그래서 임보처 하나하나 모두 귀하고, 그런 맘을 가진 분들이 사라진다는 것은 하나의 생명만 구하고, 또 다른 생명을 잃는 일일 수도 있단 말이었다. 설명을 듣고 나니 무슨 이야긴지 충분히 공감이 갔다. 나도 만약 셋째가 있다면 지금처럼 자의 반 타의 반 발생하는 임보마저 할 수 없는 상황이 될 거라는 걸 알고 있었다.

나의 복잡한 속내와는 다르게 내 곁에서 평온하게 잠든 나무의 얼굴을 본다. 한 주먹도 안 되는 얼굴 안에 눈, 코, 입이 오밀조밀 다 들어있다. 베이비핑크색의 작은 코를 손끝으로 톡 건드려 본다. 이 작은 코로 숨을 쉬고 사는 게 신비로울 지경이다. 보송보송한 털, 부들부들한 귀를 엄지와 검지로 비비적거린다. 잠결에도 내 손길이 귀찮은 듯 앞발로 기지개를 켜며 다른 자세를 취한다. 나는 괜히 나무의 아픈 다리를 마사지해본다. 아직 어린 고양이는 내 손길에도 깨지 않는다. 언제 봤다고 너는 나의 침대에서 이렇게 무방비 상태로 잠이 드는 걸까? 한 달 동안 쌓인 믿음일까? 아니면 해치지 않을 거라고 믿는 본능일까? 나는 캐롤와 하꿀이를 보내고 그랬듯 나무를 보내고 또 한참을 울 텐데 이번엔 울고싶지 않다는 생각을 한다. 머릿속이 다시 복잡해진다.

나무를 내가 입양하면 '외앓되'?

입양 공고를 올리고 며칠이 지났다. 무례했던 댓글과 성별을 묻던 전화 외에 나무의 입양 문의는 놀랍게도 0건이었다. 아니, 놀랍지 않았다. 어느 정도 예상했던 일이다. 임보를 해서 반려동물을 돌보고 있으면 사람들은 간혹 이런 이야기를 했다.

"너무 잘 지내는 것 같아서 그래요."

"사랑받고 있는 것 같아서 입양 신청하기 어려울 수도 있어요."

임보처는 끝까지 책임을 질 수 없기에 사랑을 더 쏟아붓고, 하나라도 더 챙겨주려고 하는데 외부에선 입양처에서 너무 잘 지내면 입양 가기 어렵다고 말하니 참으로 아이러니하다.

　나무 사진을 올리면 사람들은 나무에게 그곳에 은근슬쩍 뿌리를 내리라는 말을 많이 했다. 어떤 날은 그런 말 하나하나가 부담이 되고, 예민해지는 날이 있다가도, 나무를 입양하고 싶은 맘이 드는 날엔 그런 말에 기대어 고양이와 함께 사는 것에 대해서 생각해봤다.

　나무와 함께 사는 것이 가능한지, 불가능한지… 가능한 이유는 무엇이고 불가능한 이유는 무엇인지 생각해보다가 불가능한 이유를 먼저 적어 내려가는 게 쉬워 보였다.

　불가능한 이유는 첫 번째, 계획에 없던 입양이다. 반려동물을 입양하는데 철저하게 계획을 해서 데려오는 사람이 얼마나 있겠냐마는…. 호이는 계획된 입양이었고, 호삼이는 돌발 입양이었지만 호이는 함께 사는데 어려움이 많았고, 호삼이는 행복한 순간을 많이 선물해줬다. 하지만 한 번도 키워보지 않은 고양이는 또 다른 이야기였다.

　두 번째는 집이 너무 작다. 혼자 살기 위해 지은 집이었기에 애초에 작은 평수로 설계했다. 호이가 들어왔고, 미정이 들어왔고, 호삼이 들어오면서 우리 집은 홍콩 아파트살이 못지않게 좁아졌다. 심지어 나와 미정은 맥시멀리스트였다. 다행히 둘 다 정리를 좋아해서 짐을 테트리스처럼 잘 숨기고 살아서 그렇지 집이 터지기 일보 직전이었다. 여기에 고양이까지 들어올 순 없었다.

세 번째는 본가에서 독립한 지 10년이 되어가지만, 반려동물을 그다지 좋아하지 않는 엄마의 눈치가 보였다. 엄마는 내가 개를 얼마나 좋아하는지 알아서 "이제 네 소관이지 알아서 해라."라는 분위기였지만 고양이는 달랐다. 엄마는 옛날 사람답게 고양이는 사람에게 해를 끼친다고 생각하는 분이셨다. 호이까지는 괜찮았지만, 호삼이를 데리고 왔을 땐 잔소리를 좀 하셨다. 그리고 이제 고양이까지 입양한다고 하면 나에게 대놓고 뭐라고 하진 않겠지만 분명 좋아하시진 않을 것 같다.

그리고 가장 중요한 네 번째, 첫 번째와 두 번째의 이유로 미정이 강력하게 반대를 하고 있다는 것.

지금과 같은 환경에서 세 마리가 지낸 날을 회상해 본다. 캐롤이 때는 개만 셋이었다. 사룟값도 병원비도 괜찮았지만, 산책이 가장 큰 문제였다. 산책은 내 담당인데 하루에 두 마리씩 두 번 산책하는 것도 쉬운 일은 아니었으며 여기에 한 마리씩 따로 나가면 하루에 네 번 산책해야 했다. 도저히 그렇게는 안 될 것 같아 고민하고 있었는데 게스트하우스를 찾은 손님이 도와준다고 해서 얼떨결에 세 마리 산책을 나갔다가 "어? 이게 되네?"하고 세 마리를 동시에 산책하게 됐다. 개와 사람의 통행이 많지 않은 시골이라 가능한 일이기도 했다. 하지만 역시 개 셋은 무리지, 하고 입양을 보낸 케이스였다.

하꿀이는 개 둘과 고양이의 조합이었다. 하꿀이는 나무와
다르게 성묘였다. 누가 봐도 실내에서 살았을 고양이인데
밖에서 발견됐다. 집에 들어온 첫날부터 울지도 않고, 집에
잘 적응했다. 하지만 개들을 무서워해서 집 2층에서만
지냈다. 입양처가 빨리 결정된 임보였어도 숨숨집, 스크래처,
화장실 등 짐이 많아 고양이의 물건을 볼 때마다 역시 난
고양이는 아니야, 하는 생각이 들곤 했다.

캐롤이는 보내기 전과 후에 많이 울었고, 하꿀이는 보낸
후에 많이 울었다. 지금은 누구보다 입양을 잘 보냈다고
생각해서 그 눈물들이 아깝지 않지만, 당시에는 많이
힘들었다. 캐롤이는 적응을 못한다고 하면 '언제든 다시
찾아와야지'하는 생각을 나 혼자 하곤 했었는데 입양처의
언니 오빠의 사랑으로 잘 지냈다. 심지어 너무 잘 지낸
나머지 1년 뒤에 제주로 여행 와서 나를 반나절 이상 못
알아봤다. 그날 받은 충격이 너무 커 검은 머리 짐승뿐만
아니라 흰 머리 짐승도 거두면 안 된다는 생각이 들었다.

나무는 어떨까? 본격적으로 개들과 적응하진 않았지만,
개가 짖어도 놀라지 않고, 가끔 보여주는 개 형아들을
무서워하지 않고 잘 지낸다. 나무를 보러 오는 친구들에게
잘 다가가고, 한참을 사람 품에 안겨 있기도 한다. 화장실
실수도 없고 밤에 울지도 않으며 배가 고프다고 내 가슴
위로 올라오는 것과 놀고싶어서 혼자 앵앵거리고 다니는 것

말고는 괜찮았다. 나무의 물건을 보면 조금 한숨이 나오긴
하지만 하꿀이로 이미 경험해서 그런지 그것도 참을 만했다.

이제 미정이 남았다. 미정은 나무가 오기 전에도 우리
집이 좁다는 이야기를 자주 했었다. 그래서 뒤쪽에 땅을
이용해 집을 확장하거나, 게스트하우스의 다락방과 내 방을
연결하는 통로를 만들어 공간을 이어 쓰거나 하는 이야기를
하기도 했었다. 그러나 현실적인 문제들로 확장은 어려웠다.

나는 머리가 복잡해졌다. '더 큰 집을 구해 이사해야 하나?
아니 지금 통장 잔고를 보고 하는 소리인가?' 아니면 '카페를
집으로 바꾸는 건 어떨까?', '뭐 그 정도는 가능할 것 같기도
한데…' 혼자 자문자답하면서 미정에게 한 번씩 툭툭, 미끼를
던져 놓는다. 내가 누구던가 제주도에서 살자고 한 달을
설득해 멀쩡히 회사 잘 다니던 미정을 제주로 불러들인 사람
아니던가?!

"나무, 우리랑 사는 건 어때? 너무 귀엽지 않아?" 내가
물었다. "귀엽지, 귀여운데 집이 너무 좁아." 예상을 벗어나지
않는 답이 돌아왔다. 그래, 집이 좁은 게 현실이고 손님이
이용하는 카페 공간을 없앨 수도 없으니. 당장은 미정의 말에
시원한 답을 못하지만 오늘은 여기까지 하고, 내일 또 미끼를
던져보기로 한다.

원하는 것을 얻는 방법, 그것이 나무라면?

세상을 살다보면 가지고 싶고, 원하는 것이 생기기 마련이다.
그리고 그건 돈으로 살 수 있는 것도 있고, 돈으로 살 수 없는
것도 있다. 나는 오늘만 사는 욜로족은 아니었지만 그래도
가지고 싶은 건 갖는 게 길게 봤을 때 정신건강에 이롭다고
생각한다. 그래서 누군가가 "지금 당장 가지고 싶은 걸
말해봐."라고 하면 "가지고 싶은 거? 다 가져서 없는데…"
하곤 했다.

　많은 사람이 '로또가 되면…'으로 시작하는 상상을 많이
한다. 나도 가끔 그런 상상을 한다. 로또가 되면 뭘 할까?
조금 큰 집, 조금 더 사양 높은 차, 조금 더 큰 인치의 TV,

조금 더 맛이 좋은 음식, 공연장의 VVIP석, 장박의 호캉스, 세계여행 등을 떠올리다가 고마운 사람들에게 깜짝 선물을 해주는 기분 좋은 상상으로 마무리한다.

모든 것이 만족스럽고, 안정적이라 로또가 돼도 크게 달라질 것 없는 삶이라고 말할 수 있는 이때 지금 가지고 싶은 걸 말해 보라고 한다면 글쎄… 뭐 있나… 하고 말을 고르던 나는 사라지고 '나무'라고 대답할 것 같다. 많은 사람이 그 정도로 나무를?이라는 생각을 할 테고, 아마 미정도 그럴 거다.

캐롤이에 이어 하꿀이까지, 이별의 경험이 두 번 겹치니 나무를 보내고 또 울고 싶지 않다는 생각이 강했고, 급기야 나무를 내가 키워야겠다고 마음을 강하게 먹었다. 그리곤 미정을 설득하는 것이 나만의 미션이 되었다.

처음엔 마트에서 장난감 사달라는 아이처럼 졸랐다. 미정을 볼 때마다 "나무, 우리가 키우자~"라고 했다. 긍정의 대답을 바라면서 하는 말이 아니라 그냥 스미듯이 나무를 키우자고 말을 했다. 밥 먹다가, TV를 보다가, 이야기를 하다가, 나무가 전혀 나올 맥락이 아닌데 "그래서 우리가 나무를 키우면 안 돼?"하는 문장을 끼워 넣었다. 미정은 어처구니가 없어서 웃곤 했다.

이제 조건을 하나둘씩 붙인다. "나무를 키우게 되면 내가 화장실 청소도 다 하고, 밥도 주고 알아서 할게." 동물을 키우게 해달라고 조르는 건 초등학교 때로 끝날 줄 알았는데 4n살이 되어서도 하고 있다니 이럴 줄은 몰랐다. 하지만 함께 사는 사람의 동의는 중요했고, 필수였다.

미정은 현실적인 걸 나보다 더 생각했을 뿐 나무를 무척 아끼고 좋아했다.

자, 그럼 이제 작전을 바꿔 "나무 너무 귀엽다, 이렇게 꿀냥이인데 누굴 주냐?" 작전으로 돌입한다. 나무가 귀여운 표정이나 포즈를 취하면 "미정아 나무 좀 봐봐. 진짜 너무 귀엽지 않아?"하면서 동의를 끌어냈다. 미정도 엄마 미소를 지으며 나무에게 귀엽다고 말을 한다. 그럼 그사이 나는 "그렇지. 귀엽지. 그러니까 우리가 키우자."라는 말을 쓱- 밀어 넣는다. 그러다가 안 되면 갑자기 울었다. 나무 똥을 치우는 미정에게 매달려 "나무, 우리가 키우자."라며 울었다. 그때도 미정은 "안 돼. 집이 너무 좁아."라는 말을 했다.

조르고, 설득하고, 울고, 아무 때나 키우자고 했다. 그렇게 나는 곧고 강경한 미정의 옆구리를 콕콕 찔렀다. 그날도 그런 날이었다. 나는 집에 있고, 미정은 출근해서 일하는 날, 나무가 모퉁이 방석에서 자는 게 너무 귀여워 사진을 찍어 전송하며 그저 말을 덧붙였다.

"우리 식구로 맞이하자." 내가 말했다. 미정이 놀란 눈의 이모지를 보냈다. 그러거나 말거나 나는 말을 이어갔다. "이왕 이리된 거 잘 키우자." 지금 그때 나눈 대화를

다시 보는데 대체 뭐가 이왕인지는 모르겠다. 미정은
'ㅋㅋㅋㅋㅋ'하고 웃었다. 나는 바로 아주 큰 조건을 내걸었다.
"집도 넓히고 그러자."

미정이 말했다. "나무랑 같이 살려면 진짜 집 넓혀야 할 거
같아…."

"응. 넓혀보자."

아주 태연하게 답을 했지만 나는 침대에서 벌떡 일어났다.
진짜지! 진짜지!! 그럼 나 나무 입양한다는 글 올린다!
'선언'을 통해 쐐기를 박으려는 마지막 수였다. "그래."라는
답이 왔다. 미정이 왜 늘 안 된다고 하다가 그날은 된다고
했는지 모르겠지만 마음이 바뀌기 전에 빨리 SNS를 통해
알려야했다.

로또가 되면 이런 기분일까? 손이 덜덜 떨리고 눈물이
났다. 저 멀리 고양이 방석에서 잠든 나무가 오늘부터 우리
집 막둥이가 되는 거였다. 11월 14일 나무가 우리 집에 온
지 딱 50일째 되는 날이었다. 50일 집 생활 만에 개 형아
둘과 엄마 둘이 생기면서 나무는 그렇게 우리 집의 막둥이가
되었다. 그리고 한호이, 서호삼 형아들과 달리 미정과 나의
성 모두를 받은 한서나무나무가 되었다.

고양이 집사가 됨을 선언합니다

드디어 나무가 우리 집의 다섯 번째 멤버가 됐다. SNS에
나무 입양 소식을 알리자 많은 응원 댓글이 달렸다. 댓글을
세보니 280여 개가 넘었다. '좋아요'는 2,780개가 됐다.
나무의 소식을 올린 SNS는 인스타그램. 그 당시의 팔로워가
1만이 조금 넘고 보통 댓글이 10개 안팎, '좋아요'는 1,000을
왔다 갔다 하던 시절이었다. 이렇게 많은 사람이 보고
있으면서 '좋아요'도 안 누르고 '댓글'도 안 달고 있었어? 다
어디 있다가 나타난 거야? 할 정도로 많은 사람의 축하였다.

　댓글의 반응을 나눠보자면 나무 입양 축하 글이 첫
댓글이라는 '첫 댓글 데뷔파'가 많았고, 이렇게 될 줄

알았다는 '선무당파'도 있었다. "왜 제가 눈물이 나죠?"라며 '울보파'도 있었고 큰 결심을 했다며 등을 두드려주는 '파이팅파'도 있었다. 그저, 내가 좋아서, 내가 행복해지고 싶어서 입양했는데 이렇게나 많은 응원을 보내주다니 정말 고맙고 힘이 됐다.

지금도 입양 선언(비장하다!) 글은 즐겨찾기를 해두고 종종 볼 정도다. 시상식에서 수상한 사람처럼 한분 한분 아이디를 언급하고 싶을 정도로 고마운 일인데 그땐 정신이 없어서 댓글로 인사도 못 했다.

정신이 없던 이유는? 미정의 맘이 바뀔까 봐 내가 매일 키우자고 하니까 귀찮아서 동의한 말일 수도 있어서 빠르게 입양 선언문을 올렸다. 그날의 긴박함, 그날의 설렘이 담긴 글을 여기에 옮겨본다.

저는 모태신앙입니다. 제 의지와 상관없이 가족의 종교를 믿었어요. 그렇다고 신을 부정하는 것은 아닙니다만 제가 엄마가 원하는 삶을 살았다면 교회도 잘 가고, 결혼도 하고 그러다보면 어느새 집사도 되었을 것 같아요. 하지만 전 제멋대로 살았고 교회도 안 가게 되었고 그러다보니 집사가 되지 못했어요. 하지만 여러분들 고양이를 키우면 집사가 된다면서요. 그래서 저는 고양이 집사가 되기로 했습니다. 엄마 미안. 난 애 셋은 못 낳아도

동물 셋은 거둘 능력은 되는 것 같아. 이제 나무는 '한서나무'가
되기로 했고, 저와 미정은 나무의 정식 집사가 되었습니다.

집이 좁은 것이 가장 큰 문제라 슬로우트립의 카페를 없애고
집으로 확장하는 것으로 문제를 해결. 응?? 네! 두서가 없지만
지금 제 상황이 그렇습니다. 호이야, 호삼아 동생 생겼어. 호삼아!
막내 자리 못 지켜 줘서 미안해. 그래도 변함없이 많이 많이
사랑해줄게!

이것이 그날의 입양 선언문이다. 미정은 긴 시간을 들여서
설득했다지만 마음 한편에 남는 K–딸의 미안함을 담아 글을
썼다. 교회 집사는 못 됐어도 고양이 집사가 되었으니 집사는
다 같은 집사 아니냐는 이상한 논조로 교회도 안 가고,
시집도 안 가고 제멋대로 사는데 어디 가선 늘 내 자랑을
하는 엄마의 맘을 달래드리고 싶었다. 내 인스타 친구인
엄마에게 전화가 왔다. "너 고양이 키운다고 하면서 집사
어쩌고 했대~ 웃겨~ 정말." 엄마가 기가 찬 듯 웃었다. "뭐
그렇게 됐어~ 나무 귀엽잖아~" 나도 멋쩍어서 웃었다. 됐다.
엄마에 대한 괜한 미안함도 이 글로 풀렸다. 나무 입양이라는
큰 고비를 넘겼다. 앞으로 함께 넘어야 할 산이 많겠지만
일단은 이렇게 넘긴다. 다음으로 넘어야 할 산은 '집 확장

공사'라는 산이 있다. 공사 예산은 2천만 원. 나무를 키우기로 결심한 대가가 너무 큰가? 통장 잔고를 보며 나는 이 결정이 맞는 건지 다시 한 번 곱씹는다.

파란 목걸이에 새겨진 이름

나무가 남의 집 마당에서 우리 집 마당으로, 마당에서 길로,
길에서 다시 우리 집으로 들어온 지 50일째 되는 날, 드디어
'우리의 고양이'가 되었다. 운이 좋은 건지 나쁜 건지, 나무는
반려동물은 오직 개뿐이라고 외쳐대던 '강경 개파의 집'에
들어왔다. 나는 정말 단 한 번도 고양이와 살게 될 거라는
상상을 해본 적이 없는데 어디로 가고 있나 내 인생.

　그저 '귀여움이 세상을 구한다'라는 문구 아래 개와
고양이를 식구로 맞이한다. 임보자에서 입양자가 되었다고
해서 크게 변하는 건 없었다. 떠날 친구라고 생각해서 사랑을
아끼지도 않았고, 병원비를 아끼지도 않았으니까. 뭐든 다

퍼줬고, 오냐오냐해줬으니 지금 그대로 해주기만 하면 됐다. 딱 하나! 추가된 건 나무의 이름과 나의 전화번호가 새겨진 목걸이 정도다.

나무가 조금 더 성장하고, 이갈이가 시작될 쯤에는 중성화도 하고, 인식 칩도 할 예정이다. 지금은 마당냥과 구별을 위해서 목걸이 하나를 추가했다. 내가 가장 좋아하는 파란색으로 색을 정하고, 이름을 새긴 목걸이가 도착했다. 목걸이 하나를 했을 뿐인데 집냥이가 된 느낌이 물씬 풍겼다.

제주에서 백구를 반려하는 분을 보면 개에게 스카프나, 옷을 입히는 걸 자주 볼 수 있다. 개들의 본질을 파악하기 전에 외모만 보고 겁을 내거나, 산책하러 나갔을 때 일명 품종견보다는 홀대받는다는 느낌이 강해서 더욱 꾸민다는 이야기를 들었다.

나도 호삼이가 제주 백구와 리트리버 믹스라서 호이보다 스카프라도 더 해주려 했던 기억이 있어 어떤 마음인지 너무 잘 알고 있다. 길에서 흔하게 볼 수 있는 코리안쇼트헤어종인 나무도 그런 마음으로 목걸이를 해본다. '이제 밖에 사는 고양이가 아니에요. 나무에게는 가족이 있어요. 혹시 밖에서 발견되더라도 꼭 연락해주세요'하는 마음으로. 지난 50일간 쑥쑥 자라 이젠 내 팔뚝만 해진 나무 목에 목걸이를 걸어준다.

나무는 낯설고 귀찮을 법도 한데 또 가만히 목을 내어주고,

그대로 있어준다. 보송보송한 털에 파란색 목줄이 너무 귀엽다. 역시 귀여움이 세상을 구한다.

고양이 집사들의 엄지 척

나무가 우리의 공식 식구가 되기 전과 후, 그러니까 50일이
되기 전에 한 번, 후에 한 번 임보의 임보를 맡긴 적이
있었다. 여행을 계획할 때 개들의 경우는 성격이나 행동유형
여행 일정에 따라 반려견 호텔에 맡기거나, 지인의 집에
맡기거나, 지인이 와서 산책과 밥을 챙겨주거나 하는 등
돌봄의 방식이 다양하다.

하지만 고양이는 공간을 영역이라고 인식하는 특성상
사람이 고양이가 있는 집으로 와서 돌봐줘야 한다. 여기서
사람을 반겨주는 고양이와 사람을 무서워해 숨는 고양이로
나뉘는데 사람을 무서워한다면 사료와 물, 화장실을 챙기고

빨리 나와주면 좋고, 사람을 반겨주는 고양이라면 그 친구가
좋아하는 놀이까지 함께 해주고, 머물다 오는 것이 1일
집사의 역할이다.

나무가 우리 집에 오기 전부터 계획했던 여행을 떠나는
날이 왔다. 2박 3일의 짧은 일정이었지만 여기저기 부탁해야
할 게 많다. 먼저 집을 깨끗하게 치우고, 혹시 개들이 뒤질
수도 있어 쓰레기통을 모두 비운다. 사료와 챙겨줘야 할
간식 등을 챙기고, 친구들에게 해야 할 것들을 써서 문자를
보내둔다. 호이와 호삼이는 같은 동네에 사는 히끄 아범에게
오전·오후 산책과 사료를 챙겨달라고 부탁했고, 자기 전 쉬
산책은 역시 같은 동네에 사는 친구에게 부탁했다.

이제 나무 차례. 나무는 형들과 집에 남겨두기에는 복층
구조가 위험하기도 하고, 우리 또한 안심할 수 없어서
20년째 고양이 집사로 사는 친구 송이에게 맡기기로 했다.
칼리시바이러스로 인한 치료를 하느라 아직 예방접종을
못한 상태인 나무는 다른 고양이와의 접촉을 피해야했는데
친구는 방을 하나 따로 마련해 줄 수 있다고 했다. 고양이는
개와 다르게 챙겨줘야 할 짐이 많다. 우선 모래가 가득 담긴
화장실과 사료, 나무가 좋아하는 장난감과 숨숨집, 스크래처
등을 챙겼다. 우리 집에서 가장 조그마한 생명체가 챙길 짐은
제일 많다는 사실이 나는 너무 귀여웠다.

대부분의 고양이는 공간을 옮기는 것을 두려워하고,

그 첫 단계라고 할 수 있는 이동장에 들어가는 것부터가 커다란 숙제인 친구들이 많은데 나무는 차도 잘 타고, 친구네 집에서도 잘 있어서 앞으로의 육지행도 크게 걱정 없겠다는 생각이 들었다.

그렇게 한 차례 여행을 다녀온 후 나중에 육지에 갈 일이 또 있었는데 그때는 제주에 한 달 살기를 하러 온 게스트 은혜 님에게 맡겼었다. 은혜 님은 농담으로 나무가 너무 귀엽고, 말도 잘 듣고, 사랑스러워서 우리가 나무를 찾으러 오기 전에 나무를 데리고 육지로 도망을 칠까 생각했다고 한다. 실제로 우리가 은혜 님의 숙소 초인종을 눌렀을 때 "누구세요?"라고 모르는 척하기도 했다. 은혜 님도 나처럼 지독한 개파에 고양이를 한 번도 키워보지 않은 사람인데 나무는 키워보고 싶다고 생각할 정도였다니 나무의 적응력과 친화력이 다시금 드러나는 대목이다.

개나 고양이를 맡기게 되면 돌봐주는 친구들에 따라 사진을 안 보내주는 사람 VS 사진을 자주 보내주는 사람으로 갈린다. 두 쪽 모두 나름의 생각대로 하는 행동인데 오랜만에 육견, 육묘에서 벗어났으니 동물 가족들은 온전히 나에게 맡기고 여행을 하라는 쪽과 여행 중에도 동물 가족들의 상태가 궁금할 테니 사진을 보내주는 쪽이 있다.

송이는 오랜만에 보는 새끼 고양이라 그런지 잘 돌봐주고, 잘 놀아주고, SNS도 잘 올려줘서 여행 내내 걱정을 덜었다.

여행을 가도 집에서 기다리고 있을 개나 고양이 생각에
마음이 편하지만은 않은데 말하지 않아도 사진을 척척
보내주니 고마웠다. 은혜 님은 내가 잘 있냐고 물어야 사진을
보내주고, 자꾸 도망친다는 농담을 했는데 나는 사진을 먼저
보내주는 쪽이 더 안심되고, 그래야 그 마음으로 여행에
집중할 수 있었다.

　송이와 은혜 님은 사진을 보내주는 방식은 다르지만
공통된 건 둘 다에게 이런 꿀고양이는 처음 본다는 칭찬을
들었다. 특히 고양이를 잘 아는 송이는 이런 고양이 잘
없다고, 입양 전에 맡긴 터라 나무를 데리고 가는 입양처는
정말 좋을 거라는 말도 덧붙였다. (후후후, 내가 그 행운의
입양처가 되었지!) 내가 배 아파 낳은 자식도 아닌데 괜히
어깨가 으쓱하고, 칭찬을 더 듣고 싶어 "그래? 그렇게
좋아?"하면서 되묻기도 한다.

　나무와 몇 달을 함께 지내보니 새로운 공간에서도 적응을
잘하는 고양이라는 걸 알 수 있었다. 어디에 내려놓아도,
마치 개처럼 냄새를 맡으면서 공간을 탐색하고, 그 공간에
아주 오래 산 것처럼 구석구석 누비고 다닌다. 화장실을 옮겨
두면 거기가 어디든 볼일도 잘 보고, 실수도 하지 않는다.
모두 자기를 예뻐하고 사랑해준다는 걸 잘 알고 공간도
사랑도 톡톡히 누리고 있다.

　나무가 우리 집에 온 지 얼마 안 됐을 때 나무를 보기 위해

친구들의 방문이 잦았는데 그때 나무는 강아지처럼 달려 나와서 인사를 하고, 처음 보는 친구들 품에 쏙 안겨 잠이 든 적이 있었다. 친구는 고양이 털 알레르기가 있었는데 너무 좋은 나머지 한참을 그대로 있어 콧물이 줄줄 나고, 재채기를 한 일도 있었다.

어디서 솟았을까? 이토록 천연덕스럽고, 사랑스러운 고양이가.

나무를 가만히 보면서 이런저런 상상을 한다. 어디서 태어났을까? 풀숲에서 태어났을까? 누가 형제일까? 형제들은 살아있을까? 엄마는 누구일까? 아빠는? 분명 오조리에서 태어났을 거고, 엄마나 아빠는 어쩌면 내가 본 적도 있고, 밥을 챙겨줬을 수도 있었을 텐데… 궁금증에는 답이 없지만 어딘가에 있을 나무의 진짜 엄마에게 마음속으로 고맙다는 인사를 한다. 나무를 낳아줘서 고마워, 잘 키워줘서 고마워. 앞으로는 내가 너를 대신해 잘 키워볼게.

유난히 행복한 날의 불행

어딘가에 있을지 없을지 모를 나무 엄마에게 잘 키운다는
약속도 했으니 이제 실존하는 존재인 미정과의 약속을
지킬 때가 됐다. 바로 '집 확장 공사'. 넓지 않은 평수지만
날이 갈수록 비싸지는 인테리어 비용과 제주라는 지리적인
불리함이 더해져 생각보다 더 큰돈이 들어가겠다는
불안감이 엄습하지만 여자가 한번 뱉은 말은 물릴 수 없는
법! 우리는 나무를 위해 집을 수리하기로 하고, 인테리어를
어떻게 하면 좋을지 이야기를 시작했다.

　창이 크니 따로 캣타워는 두지 않아도 되고, 바닥은 타일을
쓰되 미끄러움이 덜한 걸로 선택하자, 난 안마 의자가 꼭

있었으면 좋겠어… 같은 의견을 나누며 침대에 누우니 2층 끝 모퉁이 종이 방석 안에 잠들어 있는 나무가 보인다. 내 마음과 얼굴에 미소가 번지며 '행복'이란 단어가 어떤 건지 너무 잘 알 것 같은 기분이 되었다.

그러면서 한편으로 '고양이 한 마리가 주는 감정이라고 하기엔 너무 큰데?'라는 생각이 들었지만 '뭐, 행복하면 장땡이지'하는 맘으로 SNS에 #고양이파간증회열어줘라 #고양이왜다들안키워 하는 태그를 붙여 나무의 사진을 올렸다.

그런데 몇 분 뒤. 나의 이런 행복이 와장창 깨지는 일이 생겼다.

우당탕탕, 철컹, 철컹- 꼭 밖에서 철문을 두들기는 듯 요란한 소리가 들렸다. 제주는 바람이 많이 불고, 2층 방은 테라스로 나가는 문이 있어 바람이 그 문을 때리는 소리 같이 들렸다. 내 옆에서 헤드폰을 끼고 음악을 듣고 있던 미정도 몸을 일으켜 소리의 원인을 찾았다. 미정은 "밖에 바람 많이 부나 봐."라고 했고 나도 "그러게."라고 말했다.

그런데 그 소리가 조금 이상했다. 나는 문을 한 번 보고, 2층 구석에서 자고 있던 나무를 봤다. 문은 흔들림이 없었다. 그건 나무가 내는 소리였다. 나무가 온몸이 일자로 펴지고 굳은 채로, 철제서랍 위에 놓인 종이 방석에서 나오면서 철제서랍 위를 구르며 내는 소리였다. 나는 너무 놀라 벌떡

일어나 나무에게로 갔다. "나무야!" 소리치고 나무를 안아
올렸다.

　나무야, 나무야, 나무야, 나무야, 나무야, 나무야, 나무야,
나무야, 왜 그래, 나무야, 나무야, 나무야, 정신 차려…
나무야… 나무야… 나무야…

　나는 울음 범벅이 된 얼굴로 나무의 이름을 불렀고, 미정도
그렁그렁한 눈으로 나무의 이름을 부르며 나무의 손과
몸을 주물렀다. "나무야, 정신 차려. 나무야, 정신 차려봐!"
나무가 다른 세계로 가지 않게 우리는 계속 나무의 이름을
불렀다. 그 소리에 나무가 반응한 건지 1~2분이 지나 정신이
들 때쯤이었는지… 동공이 풀려있던 나무의 눈에 초점이
돌아오는 게 보였다.

　그리고 초점이 돌아옴과 동시에 안고 있던 내 옷에 쉬를
했다. 내가 계속 안고 있으면 나무의 몸에 오줌이 묻을 것
같아 미정에게 넘겨주니 어쩐 일인지 나무가 고롱고롱고롱
소리를 낸다.

　고롱고롱 소리를 내는 나무와 달리 우리의 눈은
그렁그렁했고, 고작 몇 분의 짧은 시간이었는데 체감 시간은
10분 정도 될 만큼 나와 미정에겐 지옥을 맛본 순간이었다.

　나무는 계속 미정이 안고 있고, 나는 덜덜 떨리는 손으로
히끄 아범에게 전화해 N병원의 긴급 연락처를 받았다. 밤
10시가 넘은 시간이었다.

제주살이의 괴로움, 동물병원의 아쉬움

1시간. 집에서부터 병원까지 가는 데 걸리는 시간이다.
미정이 나무를 안고, 차에 탔다. N병원에서 24시간 병원인
T병원을 알려줘 우선 그곳으로 가기로 했다. 나무의 경련,
발작 이후 우리는 무엇이 나무를 이렇게 만들었는지 그
원인을 찾아야 했다. 평소와 다른 게 뭐가 있을까 생각했다.
우리가 떠올린 이유가 무려 세 가지나 됐다.

　첫 번째는 나무의 1차 예방접종. 나무가 발작한 그날은
1차 접종을 시켰던 날이었다. 칼리시바이러스로 인한
문제가 사라져 예방접종을 시작했는데 약물 이상 반응일
수도 있었다. 두 번째는 평소라면 미정과 병원에 가고,

미정에게 안겨 차를 타고 병원에 가는데 그날은 히끄 아범의 고양이 히끄도 함께 병원에 가느라 처음으로 이동장에 담겨 2시간가량 있었다. 태어나서 처음으로 타의로 갇혔으니 답답함이 스트레스가 됐을 수도 있다. 세 번째는 2층에서 장난감을 잡겠다고 놀다가 1층으로 떨어진 일. 어쩐 일인지 나무는 자주 떨어지고, 부딪히고, 소위 고양이답지 못했다(나중에 병원에서 알려주었는데 칼리시바이러스로 한쪽 눈이 좋지 않아 중심을 잡는데 어려워 그렇다는 진단을 받았다). 2층의 높이는 4m 정도 됐고, 뇌진탕이 올 수도 있었다. 이렇듯 발작의 원인은 너무 많았고, 이 모든 게 복합적으로 반응했을 수도 있다. 원인을 하나라도 줄여야 했기에 나무를 이동장에 넣지 않고, 원래대로 미정의 무릎에 앉혀 병원으로 갔다.

도착한 24시 병원은 조용했다. 사람이 없어서 그런지 원장 선생님도 자리를 비웠다. 접수대에서 처음 왔냐고 묻기에 답하고, 접수를 했다. 저녁 11시가 넘은 시간인데 진료 중이라도 자정이 넘으면 비용이 더 추가된다는 설명을 들었다. 어떤 이유로 왔는지 반려동물이 어디가 아파서 왔는지에 대한 걱정이나 배려는 없고, 비용부터 불쑥 설명해서 기분이 좋지 않았다. '원장이 늦게 오는 건 시간에서 빼주냐' 물으니 딱히 답이 없었다.

그사이 개를 안고, 울면서 들어오는 보호자 한 분이

있었다. 데스크의 접수원은 감정이 없는 로봇처럼 "처음 오셨나요?", "접수하시면 됩니다." 식의 이야기를 했다. 적어도 울면서 들어오는 보호자라면, "울지 마시고 천천히 이야기해보세요.", "원장님 곧 오시니까 걱정하지 마시고요." 같은 조금 더 따뜻한 말을 건넬 수는 없었나하는 아쉬움이 들었다. 그 시간에 개나 고양이를 안고 뛰어 들어오는 사람들은 모두 응급일 텐데… 나는 10년간의 시골살이로 병원이 멀어 감내해야 하는 긴 이동거리와 오랜 대기시간이 어느 정도 당연해졌다고 생각했는데 나무가 한밤중에 아프고 나니 24시간 동물병원에 대한 선택권마저 적은 이곳 생활이 참을 수 없이 답답하게 느껴졌다.

자정 야간진료 추가비가 붙기 전 원장 선생님이 왔다. 코로나바이러스가 유행하던 때였는데 마스크를 쓰지 않고 진료를 해서 내내 불안했다. 원장 선생님에게 발작의 원인으로 추정되는 이유 세 가지를 말했으나, 나의 말을 잘 들어주지 않았다. 또 발작이 있을 수 있으니 입원을 할지, 집으로 갈지 정도만 이야기를 했다. 지금은 증상이 없고 어떤 증상으로 일어난 발작인지 모르니 약을 처방할 수도 없다고 했다. 입원실을 봤다. 유리문에 캣타워가 있는 좁은 공간이었다. 나무를 그곳에 두고 갈 수 없었다. 우리는 다시 발작이 일어난다고 해도, 우리 품이 더 안전하다는 느낌을 받았다. 입원을 시키지 않기로 하고 병원을 나왔다.

왕복 2시간의 거리를 달려갔지만 아무런 조치도, 아무런 진단도 받지 못한 셈이었다. 우리는 나무에게 무슨 일이 일어나지 않길 바라면서 돌아가는 것 말고는 할 수 있는 게 없었다. 아픈 나무를 더 고생시킨 것만 같아서 속이 상했다. 집에 오니 새벽 1시가 넘은 시간이었다. 오늘은 쉽게 잠들지 못할 것 같다.

나무의 발작, 한 번으로 끝이 날까?

날이 밝았다. 밤새 나무가 다시 발작을 하는 건 아닌지, 나무의 작은 움직임에도 자다 깨서 나무를 살펴봤다. 다행히 같은 증상이 나타나진 않았다. 병원 여는 시간에 맞춰 열 일 제쳐두고, 미정과 함께 병원으로 향했다. 어젯밤에도 차를 타고 시내 병원에 다녀온 나무에게 무리가 되는 스케줄일 수도 있지만 어쩔 수 없었다. 우리는 다시 나무를 안아들고 왕복 2시간의 길을 달렸다. 개나 고양이는 평소에도 아이 다루듯 우쭈쭈─ 하지만, 아프다고 하면 더 아낄 수밖에 없다.

그들의 언어로 우리에게 말을 하고 있겠지만, 인간의 언어와 고양이의 언어가 달라 서로 알아듣지 못하니 우리는 그저 최선을 다해서 나무의 상태를 살피고, 차를 타고 가는 동안 자세가 불편하지 않은지 살피게 된다. 언제나 하는 생각이지만 세상에 태어난 지 1년도 안 된 녀석들이 사람의 말을 들어주고, 이해하려고 고개를 갸우뚱거리며, 이름 부르면 반응을 해준다. 얼마나 고마운 일인가? 인간의 성장과 비교하면 너무나 빠르고 하나같이 천재 만재들이 아닐 수 없다. 그래서일까? 세상의 이치를 이토록 빨리 깨우치니 인간보다 빨리 이 세상을 떠나는 건가 싶기도 하다.

미정과 이런저런 걱정을 나누며 도착한 N병원에선 T동물병원과 마찬가지로 지금 당장 해줄 수 있는 건 없다고 했다. 어떤 것이 원인인지 모르기도 했고, 또 모든 것이 원인일 수 있다고도 했다. 개와 고양이의 발작은 이유 있음과 이유 없음으로 나뉜다. 이유 있음은 병명을 찾은 것이고, 이유 없음은 언제 나타나는지도 모르는 원인 불명의 발작이라 '특발성 발작'이라 부른다.

나무는 일시적으로 나타난 특발성 발작인지 아니면 지속적으로 나타날 발작인지 원인을 찾아야 했다. 원인을 찾을 수 있는 방법에는 MRI 촬영이 있다고 했다. 하지만 당시에 제주도에는 MRI를 갖춘 병원은 없었고[*], MRI까지 해서 원인을 찾으려는 사람도 사실 많지 않다고 했다. 나는

153

* 현재는 제주대학교 수의과대학 부설동물병원에 MRI가 들어와있다.

그 말을 듣고 한편으로 놀라면서도, '병원비가 많이 나온다고 10년 이상 키우고도 버리는 사람이 많은데 MRI를 찍으려 하지 않겠지'라는 생각을 했다. 선생님에게 어떻게 해야 할지 물었다. 선생님은 이번 한 번으로 끝날 수 있고, 혹시라도 또 이런 일이 있다면 그때 MRI 촬영을 하면 되니 일단은 지켜보자고 했다.

　너무 많은 변수가 있었으니, 다시금 일상을 찾으면 발작은 없을지도 몰랐다. 선생님은 비상약을 처방해준다고 했다. 우리가 병원에 바로 달려올 수 없는 거리에 살고 있고, 또 이런 일이 생길 땐 미리 대처하고 올 수 있도록 주사기에 약을 담아 줬다. 발작으로 몸이 굳고, 거품을 물 때 코에 한 방울 떨어트리라고 했다. 강력한 진통제라 내 주민등록번호를 적어 내고서야 받을 수 있었다.

　나무를 안고 다시 차에 탄다. 일시적인 발작이었기를, 그래서 이 주사기에 담긴 약을 쓸 일이 없기를 바라면서 나무를 다시 아이 다루듯 꼭 안고 돌아온다.

공사 현장에서 보내는 아깽이 시절

나무는 언제 발작이 있었냐는 듯 전과 똑같이 잘 놀고, 잘
먹고, 잘 지내고 있다. 나무와 다르게 우리만 그 전과 다른
우리가 되어 나무를 지켜본다. 내가 없는 사이 미정만 집에
있었다면 "나무 괜찮았어?"라고 묻고, 미정이 없는 사이 나만
있었다면, "나무 오늘은 어땠어?"하고 묻는다. 나무의 안부가
우리의 인사가 되었다.

　미정과 나는 동업자 관계면서 집을 공유하는
하우스메이트로 2015년부터 함께 살고 있는데 반려동물의
양육관의 차이를 빼면 굉장히 잘 지내는 편이며 나무를
입양하면서 대화의 양이 더 늘고, 집안 분위기도 더 좋아졌다.

어른들이 종종 하는 말 중에 아이를 낳은 뒤에 일이 술술 풀리면 '그 아이가 복을 가지고 왔다'고 할 때가 있다. 우리 나무도 우리에게 그런 복을 가지고 온 건 아닐까? 꼭 필요한 시점에 나타난 우리 집의 구원 묘 나무나무. 그런 나무를 위해 인테리어 공사를 시작한다.

인테리어 공사를 할 때 집을 싹 비우고, 인테리어 공사를 마치고, 달라진 집에 들어가는 게 제일 좋지만 개 두 마리와 고양이 한 마리, 사람 둘이 사는 우리 형편에 어디론가 이동할 수 없어 원래 살던 집에 살면서 공사를 하기로 했다. 작업자도, 사는 사람도 가장 힘든 결정을 했지만 별다른 선택지가 없었다.

목수와 몇 번 미팅 후에 집 확장 공사가 시작되었다. 카페의 기존 가구들을 떼어 내고 벽을 부수느라 먼지도 소음도 심했다. 어느 정도 각오는 했지만 유해한 먼지가 발생하는 공사 현장은 동물 가족들에게 결코 좋은 환경은 아니었다. 매일 쓸고 닦고 아침과 저녁, 공사 중간중간에도 유해 물질들을 빠르게 치워 최대한 피해가 안 가도록 했다.

그런데 나의 걱정과는 달리 나무는 시끄러운 공사 소리에도 놀라지 않았다. 평소에 청소기나 드라이기 등 소리가 크게 나는 가전제품을 쓸 때도 놀라기는커녕 청소기가 지나가면 발로 장난을 치기도 했다. 무덤덤한 친구라는 건 알았지만 문밖에서 사람도 참기 힘든 소음이

들려오는데도 나무는 평소처럼 잘 놀았다. 나무를 발견했을 때 폐자재 사이에서 앉아있더니 공사현장에서도 이토록 평온하게 잘 지낼 줄이야. 아니면 자기를 위해 집을 고치는 우리를 알고 참아주는 걸까?

사람이 결정한 환경적 변화에도 잘 견뎌주는 호이와 호삼이, 나무 모두에게 고맙다. 별 탈 없이 공사 기간을 지나, 쾌적하고 넓어진 집에서 살 그날을 위해 오늘도 내일도, 잘 부탁한다.

잊혀질 때쯤 다시 찾아온 나무의 발작

나무의 발작 이후 나무의 안부가 인사가 되고, 나무만 두고 외출할 수 없었던 시간이 지났다. 인간의 망각이 발동을 해 나무도 우리도 아무 일 없다는 듯 잘 지내고 있었다. 1차 접종 때와 달리 2차 예방접종으로 병원에 갈 때도 스트레스 최소화를 위해 차에 태운 후 이동장의 문을 열어주니 나무는 미정의 품의 안기거나, 귀찮으면 뚜껑 열린 이동장에 들어가 편안하게 갔다. 동물병원에서도 2차 접종은 다른 제약사 약으로 바꿔서 주사를 놓아주기도 했다. 2층에서 떨어져 생긴 단순 뇌진탕 증상이었기를 바라면서 발작의 원인으로 생각했던 세 가지 중 두 가지를 바꿨다.

집 공사는 하나둘 이루어져 70% 지점을 지나 화장실 타일 공사를 하는 날이 되었다. 화장실 타일 공사는 기존에 있던 타일을 뜯지 않고, 덧붙이는 공사였다. 우리 집의 화장실은 2개가 있다. 집 내부에 하나, 카페에 쓰던 것 하나. 같은 자재가 들어가는 공사였기에 이날만큼은 안과 밖의 공사를 한 번에 하기로 했다.

겨울이었고, 밖은 추웠기에 실내는 보일러를 최대한 켜 따뜻하게 했다. 안에서 공사가 시작되니 그간 카페와 집을 분리해주던 새시의 위력을 새삼 느낄 수 있었다. 먼지와 소음, 냄새에 노출되기 시작했다. 공사하는 것을 지켜볼 때마다 환경과 건강에 안 좋은 유해 물질로 집이 지어지는구나 생각은 했지만 타일 본드 냄새는 또 다른 차원이었다. 간접적으로 냄새를 맡는 사람도 이 정돈데 작업자는 괜찮을까? 수명이 줄겠다 싶게 냄새가 독하다 생각하던 그때…

나무의 발작이 시작됐다. 나와 미정은 다행히 나무와 함께 1층에 있었고, 나무를 바로 안아 올렸다. 수의사 선생님은 나무에게 다시 발작이 오면 동영상을 찍으라고 했지만, 그런 생각 따윈 들지 않았다. 미정은 그동안 발작이 왔을 때 대처법에 대해 공부를 했기에 발작 중에 기도가 막힐 수 있다는 걸 기억해 나무를 앞으로 안아 올렸다. 나는 그사이에 동물병원에서 받아온 발작이 왔을 때 사용하라던 주사기에 담긴 약을 찾았다. 우리는 주사약을 2개를 받았고, 어디서 어떻게 발작이 있을지 몰라 1층과 2층에 약을 나눠 놨다. 1층에 있는 주사기를 찾았다. 덜덜 떨리는 손으로 주사기를 들고 나무 코에 떨어트리려는데 주사기가 텅 비어있었다. 나무가 한 달 동안 발작을 하지 않는 사이, 주사기의 약이 증발한 거다. 남은 건 2층에 있는 약, 간절한 마음으로 2층으로 뛰어 올라갔다.

'있다! 다행이다!' 2층에 있는 주사기엔 약이 남아있었다. 나무는 여전히 발작 중이었고, 입가엔 거품이 생겼다. 가지고 온 주사기로 미정이 나무 코에 약을 한 방울 떨군다. 그러자 거짓말처럼 뒤로 넘어갔던 나무의 눈이 돌아왔다. 끔뻑끔뻑. 나무의 커다란 눈이 우리와 초점을 맞춘다.

나무의 발작이 멈춘 후, 핸드폰을 들어 병원에 전화를 한다. 금요일 밤이었고, 지금 출발해도 병원 문을 닫을 시간이었다. 병원에선 오늘 밤 또다시 발작이 있을 수 있으니 약을 담은 주사기를 지정된 장소에 둔다고 찾아가라고 했다. 병원은 다음 날인 토요일에 다시 가기로 했다. 안정을 취해야하는 나무와 나무를 돌봐야하는 미정을 집에 둔 채 약을 받기 위해 시내로 나갔다.

'나무는 계속 이렇게 발작을 하는 걸까?', '이렇게 머리에 손상을 입으면 수명엔 지장이 없을까?', '도대체 원인이 뭐지?', '본드 냄새 때문일까?' 꼬리에 꼬리를 무는 생각을

하며 혼자 운전하고 돌아오는 길, 한편으로는 아픈 나무가
우리 집에 와서 다행이라는 생각이 들었다. 육지로 입양
갔다가 아프다는 소식을 들었으면 이러지도 저러지도
못했을 텐데 처음부터 함께 한 우리라서 나무를 더 잘 알기에
잘 챙겨줄 수 있으니까… 천천히 우리가 함께 해나가면 될
테니까…. 좋은 쪽으로 생각하려 애썼지만, 겁이 나고, 눈물이
났다. 어둑해진 길을 달려 나무에게 간다.

나무가 없는 세상

연인이나 친구와 이별을 겪고 난 사람에게 위로의 말로 "그 사람이 없던 시절로 돌아가서 지내. 그 사람을 얼마나 알고 지냈다고, 넌 그전에도 잘 지내왔잖아?" 같은 말을 할 때가 있다. 이대로 나무가 우리를 떠나기라도 하면, 우리도 나무가 없던 시절로 돌아갈 수 있을까? 아니다, 그럴 수 없다. 나무는 존재하고, 나의 삶에 들어왔고, 나를 변화시켰고, 우리 가족이 되었다. 나무가 없는 삶은 이제 없다. 그러니 나무를 더욱 잘 지켜내야 한다.

2차 발작이 온 밤이 지났다. 나무는 새벽에 한 번 더 파르르 떠는 증상을 보였고, 1차 발작과 다르게 증상이 조금

더 오래간다는 느낌을 받았다. 날이 밝는 대로 동물병원으로
갔다. 간단한 피검사를 받았다. 피검사로는 별다른 이상을
찾을 수 없었다. 선생님은 특발성 발작이나 뇌수두증일 수
있다고 했지만, 병명을 모른 채로 약을 쓸 수도 없어 정확한
병명 진단을 위해 MRI 촬영을 권했다.

특발성 발작이야 원인을 찾을 수 없는 것이라 치고,
뇌수두증은 뭐냐고 물었다. 소변으로 나가야 하는 물질들이
있는데 그 물질이 제대로 빠져나가지 못하고, 뇌에 머물러
뇌압을 올려 발작을 일으키는 병이라고 했다. 강아지들
중에선 이마가 톡 튀어나온 치와와 종이 뇌수두증을
앓는 경우가 많다고 했다. 그리고 발작이나 뇌수두증으로
추정되는 강아지가 병원에 오긴 하는데 제주도에서
뇌수두증을 앓고 있는 고양이는 본 적은 없다고 했다. 있다고
해도 비용이 많이 들고, 육지로 가서 MRI를 찍어 보지 않기
때문에 그저 특발성 발작으로 치부하고 발작을 완화해주는
약을 먹이는 정도로 처방할 수 있다고 했다. 특발성 발작을
하는 반려동물과 함께 지내는 반려인은 어느 정도 대처법이
생겨 나중에는 조금 덤덤해진다고 한다.

발작 후유증에 대해 물었다. 아무래도 뇌에 관련된 병이라
인지능력이 조금씩 떨어진다고 한다. '앉아'나 '손' 같은
지시어를 잘하던 개도 조금 느려지고, 끝내는 못하는 경우도
있다고 했다. 더 들어 볼 것도 없다. 정확한 병명을 찾아야

한다. 우리는 MRI를 찍어보기로 했다. 수의사 선생님도
반겼다. 병원을 추천받아 갈까 하다가 육지, 그리고 서울에도
MRI가 있는 병원은 많지 않아서 몇 군데 안에서 우리가
선택하고 가기로 했다.

　병원을 나와 차를 탄다. 이동장 안에 있던 나무를 꺼낸다.
그리고 능숙하게 미정이 나무를 품에 안는다. 무슨 고양이가
이토록 적응력이 뛰어난지 나무는 신기하게도 차를 참 잘
탄다. 이동장은 차에서 병원으로 들어갈 때만 쓰고 차에서는
대부분 이렇게 안고 있다. 나무도 차 안을 돌아다니지 않고,
미정의 품에 안겨 있거나 발아래 내려둔 뚜껑 열린 이동장에
들어가 앉기도 한다. 만에 하나 있을 위험을 이야기하는
사람들이 있을 수도 있지만 나무와 우리에겐 이것이 가장
좋은 방법이다.

　나무는 미정의 무릎에 앉아 얌전히 있다. 가끔 식빵 굽는
자세로 졸기도 한다. 제주시에 가는 김에 볼일이 있었는데,
외출이 길어질 것 같아 나무의 화장실을 차에 싣고 나온
적이 있었다. 혹시나 하는 마음으로 가지고 왔을 뿐 차에서
화장실을 쓸 거라는 생각을 하진 않았다. 차는 작았고,
화장실은 커서 수평이 맞지도 않았다. 그런데 나무는
화장실 쪽으로 가더니 달리고 있는 차 안에서 맛동산*을
생산해냈다. 주변의 고양이 집사들은 나무 같은 고양이는
처음 본다며 칭찬을 아끼지 않았다.

첫 고양이인 나무가 우리를 많이 배려해주고 있다는
생각이 들었다. 그런 나무와 우리는 서로 합을 맞추고 있다.
이제 같이 비행기를 타고 서울의 병원에 가야하는 새로운
합이 기다린다. 차를 잘 타는 나무, 개들과 함께 사는 댕댕이
같은 나무, 순한 나무에게 이번에도 우리 잘해보자고! 말을
건넨다. 나무의 작은 발바닥 젤리를 만진다. 역시, 나무가
없는 세상은 존재할 수 없다.

* 고양이 대변을 귀엽게 일컫는 말. 고양이들은 대변을 본 후로 모래로
  덮어두는데, 이 과정에서 대변에 박힌 모래 때문에 그 모양이 과자 '맛동산'을
  닮아 이렇게 지어졌다.

사람은 제주로, 고양이는 서울로

'말은 나면 제주도로 보내고, 사람은 나면 서울로 보내라.'
언젠가 들렀던 제주해녀박물관에 갔다가 이런 속담을
봤다. 말이 살기 좋은 곳이 제주고, 사람이 살기 좋은 곳이
서울이라는 이야기인 것 같다.

　나와 미정은 사람인데 속담과 반대로 제주로 와서 살고
있고, 말은 아니어도 고양이인 나무가 서울에 갈 일이
생겼으니 우리 집에선 '사람은 제주로, 고양이는 서울로'가
되었다.

　나무는 이제 MRI를 찍기 위해 서울에 갈 준비를 해야
한다. 아직 아깽이라 몸무게 때문에 비행기를 못 탈 일은

없겠지만 우리가 선택한 에어서울은 가방 포함 5kg만 기내 이용이 가능하다. 나무가 3.8kg고 가방이 1.4kg이니까 0.2kg 무게가 넘친다. 공항 엑스레이를 통과하기 위해선 가방을 새로 사거나, 나무가 살을 조금 빼야 하는데 아픈 나무의 살은 뺄 수가 없어서 가방을 구입하려고 했는데 마침 지인인 수이 님이 1kg가 안 되는 가벼운 가방을 빌려줬다. 육지에 가면 최소 1박 이상은 서울에 머물러야 하기에 나무가 쓸 두부 모래와 화장실을 쇼핑몰에서 주문해서 서울 집으로 보낸다. 낯선 공간에서도 잘 지내긴 하지만 최대한 나무가 있던 환경에 맞춰 같은 브랜드의 화장실과 모래를 보냈다.

병원은 신촌에 있는 병원과 반포에 있는 병원을 고민하다가 본가에선 멀지만 그래도 조금 더 믿을만해 보였던 반포에 있는 병원으로 결정하고 예약을 했다. 낯선 병원에서 피검사를 하고, 마취하고, MRI까지 찍으려면 힘들 것 같아서 병원 가기 일주일 전에 원래 다니던 제주 병원에서 피검사와 마취를 해도 되는지에 대해 문의 후 검사하고, 결과를 서류로 받아 서울 병원으로 전송해주기로 했다. 나무는 도착하자마자 병원에 갈 수 없어 도착 첫날은 집에서 천천히 적응하며 놀고, 둘째 날 병원에 가기로 했다. 2박 3일의 일정이었다.

나는 이 여정을 위해 게스트하우스의 예약 창을 닫고, 미정은 운영하는 가게의 문을 닫아야 했다. 2박 3일 짧은 일정이지만 남겨질 호이와 호삼이의 사료와 산책을 동네 친구들에게 챙겨달라고 부탁했다. 아이와 외출하는 친구를 보면 아이 기저귀, 이유식, 옷에 뭐라도 묻히면 갈아입힐 여벌의 옷, 가제 수건, 물병, 유아차, 앞으로 안기 위한 아기 띠, 신발 등 챙길 게 많더니만 내가 꼭 그 모습이다. 서울에 이동할 때는 친한 친구 지은이가 운전기사 노릇을 해주기로 했다. 고마운 일이다.

이제 다 챙겼을까? 할 때쯤 알고 지내는 할망작가님으로부터 전화가 왔다. 나무가 첫 비행이라 놀랄 수 있으니 진정제를 받아서 미리 먹이라는 조언을 해주었다. 나무가 차를 잘 타고, 시끄러운 환경 속에서도 태연하게 지내는 편이지만 맞는 말이었다. 비행기는 또 다른 영역이었고, 순한 아이들도 비행기 이착륙 시에는 울곤 하니 대비가 필요하긴 했다.

진정제는 검사에 영향을 끼칠 수도 있다고 생각해서 츄르 형태의 안정 보조제를 챙겨서 가기로 했다. 그리고 속으로 생각했다. 제주도에 MRI가 있다면 이 모든 과정은 필요 없을 텐데. 나무도 고생하고, 사람도 고생하고, 본가가 서울이라 그렇지 서울에 집이 없다면 고양이와 묵을 호텔이나 신세를 질 친구네 집을 찾아야 했다. 한숨이 절로 나왔지만 방법은 없었다. 그저 나무의 서울행을 위해 애써준 많은 사람에게 고마운 마음을 갖고, 그들에게 도움이 필요할 때 나도 기꺼이

도와주는 사람이 되기로 했다. 나무는 이토록 복이 많구나, 흩날리는 민들레 홀씨 같던 녀석이 어느새 쑥쑥 자라 모두의 마음속에 아주심기가 잘 되었구나. 조금 힘든 날이 되겠지만 이 고비를 또 잘 넘겨보자.

고양이와 비행기 타기, 태어나 처음 해보는 도전들

우리는 살면서 처음이라는 단어 앞에 설 때가 있다. 모든
처음이 그렇듯 서툴고, 긴장되고, 걱정이 앞선다. 그리고
인생에서 처음 겪는 일이기에 강렬하다. 나무와 우리도
'고양이와 비행기 타기'라는 처음 앞에 놓였다. 섬에서
태어나고 섬에서 자란 제주 소년 나무가 섬에서만 지내면
좋으련만 당시에는 MRI 한 대 없는 제주에 산다는 이유로
하늘 위를 날아야 할 상황이 된 것이다.

제주에 살게 되면서 비행기 타는 일이 일상이 되었지만,
나도 첫 비행기를 탔을 때는 잊을 수가 없다. 내가 처음으로
비행기를 탄 건 20년 전 일본 여행이었다. 공항에 도착하면

맞아줄 일행이 있었지만 항공권을 알아보고, 예약하고, 인천공항에서 비행기를 타는 모든 행위가 처음이었기에 설렘 반 두려움 반이라는 말이 이런 감정이구나 알 수 있었다. 시차가 없는 나라로 떠나는 여행이고, 겨우 2시간이 조금 넘는 비행시간이었지만 창가에 앉은 나는 창밖으로 하늘을 보기 바빴다. 평소에도 하늘이 좋다고 이야기했는데 태어나 처음으로 탄 비행기에서 본 하늘과 구름은 잊을 수 없는 기억이 되어 요즘도 종종 비행기를 타면 그날이 떠오르곤 한다. 그랬던 내가 제주에 살게 되면서 창 쪽 좌석이 아니어도, 통로든 중간이든 상관없게 되었고, 하늘을 보기보단 밀린 잠을 잔다거나, 책을 읽으며 비행을 하게 되었다. 비행의 낭만을 잃은 것 같아서 '이렇게 어른이 되는 건가, 후후' 할 때쯤 나무가 빅 이벤트를 마련해 서울에 가게 된 것이다.

　나무를 차에 태웠다. 평소와 똑같이 안거나, 발밑에 이동장을 두고 쉴 수 있게 했다. 나무도 드라이브만큼은 제주 사는 우리가 비행기 타듯 아무런 긴장감도 설렘도 찾을 수 없을 정도로 베테랑이 되었다. 나무는 이동장에 들어가 턱을 괴고 눈을 요리조리 돌린다. 우리는 최대한 평소와 같은 톤으로 이야기를 나눈다. 동물들은 말 그대로 '동물적 감각'이 살아있어서 말투나 행동이 조금만 달라져도 금방 눈치를 챈다.

일례로 지금처럼 나무만 데리고 외출하거나, 긴 여행을 준비할 때 호이와 호삼이는 달라진 공기를 눈치채고, 시무룩해하거나 평소와는 다른 행동을 하기도 한다. 그래서 개와 함께 사는 친구들은 '여행'이란 단어를 알아듣는 것 같다면서 다른 단어로 바꿔 말하기도 한다.

우리는 큰 경기를 앞둔 선수처럼 모든 징크스를 피해 이날을 기다렸다. 하나라도 틀어지면 안 된다는 마음이었다. 드디어 공항에 도착했고, 나무를 작은 가방으로 옮겼다. "반려동물과 함께 탑승하시네요, 고양이 무게 체크를 위해서 가방째로 올려주시면 됩니다." 안내직원의 말에 따라 나무의 무게를 쟀다. 5kg. 정확하게 5kg가 나왔다. 이젠 엑스레이 검색대를 통과하면 된다. 그런데 엑스레이 검색대 앞에서 직원분이 고양이를 가방에서 빼라고 하는 게 아닌가. 어? 이건 계획에 없던 일인데? 우리는 당황했다. 이렇게 낯설고, 태어나서 본 사람들보다 더 많은 사람이 모인 공항에서 나무를 가방에서 빼는 순간 나무가 어떤 반응을 보일지 전혀 예측되지 않았다. 혹시 다른 방법이 없는지 물었다. 그랬더니 "빼지 않고 통과시켜도 됩니다."라고 했다. 응? 매뉴얼이라는 것이 없는 건가? 혹시 엑스레이가 동물들에게 안 좋은 영향을 끼칠까 봐 그런 건가? 이유를 알 수 없었지만 우리는 변수를 만들지 않기 위해 나무를 가방째로 엑스레이 검색대에 넣었다.

나무가 순한 편이지만 앞뒤로 사람이 줄 서 있는 공항에서 나무를 이동장에서 빼는 것은 위험천만한 일이라고 생각했다. 나무야 이동장에 넣는 일이 쉬운 편이지만 이동장에 겨우 넣고, 차 타는 걸 힘들어하고 공공장소에 가는 것을 불안해하는 고양이나 개라면 너무나도 위험한 상황이라는 생각이 들었다.

여행을 같이 다닐 정도의 동물 친구라면 순한 동물들이 많겠지만 나무처럼 여행이 아닌 병원에 가기 위해 비행기를 탄다거나, 오늘 처음 비행기를 타고 여행을 오는 동물 친구들도 있을 것이다. 그렇기에 더더욱 정확한 기준이 필요해보였다. 또한 엑스레이 검색대를 통과한 후엔 다시 가방 안에 넣어야 하기 때문에 굳이 가방에서 빼야 하는지도 납득이 안 갔지만 다행히 나무는 가방째로 들어가서 별 탈은 없었다. 집에서 차, 차에서 공항, 공항에서 검색대를 통과하는 것만으로 이렇게 힘이 드는데 이동장 안에 오래 있어 보지 않았던 나무가 울기 시작했다. 또다시 계획에 없던 일이 벌어졌다.

제주 소년의 서울 상경기

나무와 함께 비행기에 올라탔다. 나무가 울 수도 있다는
생각에 최대한 민폐가 되지 않게 맨 뒤 좌석을 선택했다.
나무를 넣은 가방을 아이 안듯 앞으로 메고, 비행기 통로를
지난다. 미정이 창가 쪽으로 앉고, 나는 중간 좌석에 앉았다.
내 옆자리엔 사람이 없었다. 다행인지 불행인지 코로나
시기라 제주에 오가는 비행기의 좌석은 많이 비어 있었다.
승무원의 안내가 시작된다. 선반에 올리지 못한 짐은 발밑에
내려두라는 안내가 들린다. 나무를 바닥에 내려둔다.

　나무는 비행기에 타기 전부터 계속 울고 있었다. 공항에
도착해서 대기하는 1시간 동안 이동장에 평소보다 오래

있었던 게 문제가 된 것 같다. 그간 나무에게 스트레스가 될까 봐 이동장에 넣는 걸 최소화한 게 오늘의 나무에게 힘든 일이 되었던 모양이다.

나무는 울었다. 평소에도 크게 운 적이 없는 나무는 아주 작은 목소리로 울었다. '우리 나무는 성악가로 키울 순 없겠구나' 생각이 들 만큼 울림통이 작았다. 그사이 비행기는 이륙했다. 시끄러운 엔진 사이로 들릴락 말락 한 목소리지만 나무는 끊임없이 울었다. 오히려 나무를 가방에서 꺼내면 안 울 거라는 생각이 들었지만 그럴 순 없었다.

비행기를 타고 육지를 오가다보면 제주를 여행하러 오가는 어린아이들을 만나게 된다. 아이들을 자주 보니 나이대마다 행동들이 조금 그려지는데 4~5세 되는 아이들은 의미나 맥락 없이 쉬지 않고 이야기를 한다. 어른들에게 맞춰진 좌석이라 다리가 떠서 그럴 수밖에 없는지 좌석을 발끝으로 톡톡톡 차고, 좌석 사이로 불쑥 쳐다보기도 한다. 7~8살 된 아이들은 의젓한 편이다. 엄마랑 이런저런 대화를 하거나 저장된 영상을 본다. 부모들이 아이들의 주의를 잡아두기 위해 말을 거는 느낌이다. 1~2세 유아들은 이착륙 시에 많이 울고, 1시간 내내 우는 아이들도 있다.

나는 오빠가 두 명이 있다. 요즘 사람들답지 않게 오빠들이 아이를 셋씩 낳는 바람에 조카가 6명이 된다. 조카가 많아 아이를 키우는 부모 입장에 공감하는 마음이 컸다. 그런

이유로 오랫동안 운영하던 게스트하우스도 웰컴 키즈존으로
운영하고 있으니 아이들을 늘 환영했다고 믿는다. 그리고
그 마음이 혹시 마일리지로 쌓였다면 내가 비행기에서 우는
아이를 "그렇구나~ 아이가 우는구나~"하고 넘어간 만큼 이
비행기 안에 사람들도 "그렇구나. 고양이가 우는구나~"하고
넘어가주길 바랐다.

　　나무와 함께 타서인가 오늘따라 비행기의 소음이 유독
크게 느껴지고, 사람들에게 나무의 울음이 들리는 건 아닌지
오감이 깨어나 진땀이 난다. 나무는 계속 운다. 하지만
나무의 울음은 비행기 소음에 소리가 묻힌다. 뒤에 앉기를
잘했다. 하지만 미정과 나의 마음은 여전히 초조하다.
이제 사람들에게 피해를 줄까, 하는 생각보다 '나무가
괜찮을까?'에 포커스가 맞춰진다. 손이 들어갈 만큼만 지퍼를
열어 나무를 진정시켜 보려는데 나무의 발이 축축하다. 너무
긴장한 나머지 앞발바닥에서 땀이 나고 있었다. 병원에 가기
전에 애를 잡겠다는 생각이 들었다. 왜 제주에 MRI 한 대가
없어서 이 고생을 하는지 짜증이 밀려왔다.

　　미정은 준비해온 진정 효과가 있다는 츄르를 짜주었다.
평소에도 식탐이 많은 녀석이라 다행히 츄르를 먹기
시작했다. 남은 비행시간은 30분, 챙겨온 츄르는 두 개.
미정은 아주 조금씩 츄르를 주고 있다. 나무의 입은 하나라
우는 입은 먹는 입으로 전환이 되었다. 나무의 울음이

멈췄다. 마음속으로 츄르를 개발한 분에게 내 멋대로
노벨평화상을 수여했다.

　나무가 비행기에 익숙해진 건지, 이동장에 익숙해진 건지
둘 다인지 점점 진정할 때쯤 서울에 도착했다. 마중 나온
친구 지은을 만났다. 비행기 고생담을 이야기하며 차에
탔다. 차에 타자마자 나무의 이동장을 열었다. 나무가 쏙!
하고 나왔다. 두리번거리더니 미정의 품에 안긴다. 그리곤
평소처럼 편안하게 드라이브를 즐긴다. 한 시간 동안 우느라
애쓴 나무가 원래의 나무로 돌아왔다. 공원에서 쉬를 할 수
없으니, 화장실이 준비된 서울 할머니 집으로 가보자!

적응력이 고양이로 태어나면, 그건 바로 나무

삐삐 삐삐 삑 띠리릭–

나무를 넣은 가방에 메고, 다른 손엔 짐 가방을 들고 아파트의 비밀번호를 누른다. 서울 집이다. 엄마와 아빠가 사는 서울 집엔 다행스럽게도 나의 방이 짐 방이 되었다거나, 나물 말리는 방이 되지 않고 그대로 남아있다. 제주도에서 산 지 10년이 넘었지만 나도 이렇게 오래 살지 몰랐고, 부모님도 마찬가지였으리라. 그래서 방을 없애지 않고 유지했던 것 같다. 그리고 제주에서 10년을 살아낼 거라고 생각하지 못한 만큼 내가 고양이랑 살 거라는 생각도 못 하셨으리라. 그 고양이가 아프다고 병원에 가려고 본가를 찾을 거라는 생각은 더더욱 못했을 거다. 나도 아직 고양이랑 사는 것이 낯설 때가 있으니까.

차로 공항까지 한 시간, 공항에서 또 한 시간, 비행기에서 한 시간, 아파트까지 한 시간. 제주와 서울의 비행시간은 '한 시간'이지만 이렇게 앞뒤의 여정을 붙이고 나면 제주 집에서 서울 집까지는 꼬박 4시간이 걸린다. 이 모든 여정을 함께해 준 기특한 나무를 가방에서 꺼낸다. 나무가 가방에서 나와 방 여기저기 냄새를 맡는다. 그사이 나는 우리보다 먼저 도착했던 고양이 화장실과 두부 모래로 나무의 화장실을 만들었다. 나무를 화장실 근처로 유도하니 바로 들어가서 감자*하나를 만들어 낸다.

탁묘를 해도 잘 지내고, 달리는 차에서도 맛동산을 만들어 내는 나무라 큰 걱정은 안 했지만, '적응력이 고양이로 태어나면 나무가 아닐까?' 싶게 태연하게 화장실을 이용한다. 화장실에서 나와서는 네발을 휘~휘 고상하게 움직여 거실로 나간다. 나무가 와본 집 중에 가장 넓은 공간일 것 같은데 공간에 대한 위축감 없이 여기저기 자기 원래 살던 집인 듯 돌아다닌다.

엄마와 아빠는 오랜만에 찾아온 손자 이름 부르듯 애정을 담아 "나무야, 이리 와–"하고 연신 부른다. "개가 아니야,

* 고양이의 소변을 일컫는 말. 소변이 모래에서 굳어진 모양이 감자를 닮아 이렇게 부르고 있다.

부른다고 안 가."라고 했는데 나무가 쪼르르 간다. 엄마는
"아이고, 나무 왔어?"하고는 나무를 거친 손놀림으로
쓰다듬는다.

   "아, 그렇게 만지는 거 아니야!!"라고 말은 하지만 엄마는
"뭐 어때!"하면서 "나무야. 할머니네 집에 왔어~ 아이고
머리가 아파서 왔어!"하고 쓰다듬는다. 나도 말은 그렇게
해도 나무를 둘러싸고 앉은 엄마, 아빠의 모습이 신기하다.

   나무가 오기 전 이 집에는 14년을 키운 개, '빠꼼이'가
있었다. 친구네 집에서 새끼를 낳았다고 해서 19살 겨울
방학 때쯤 데리고 왔다. 집에서 개를 키우면 안 된다는
엄마의 반대와 그땐 정말 집 안에서 개를 키우는 건
흔한 일이 아니어서 옥상에서 살았던 개였다. 그때 집은
빌라였고, 빠꼼이는 1층에서부터 옥상까지 자유롭게 다녔다.
바깥출입도 간간이 했었고, 문이 열린 틈으로 외출을 한 뒤
돌아와서 문이 잠겨있으면 온몸에 힘을 실어 문을 발로 찼고,
그걸 보고 길 가던 사람이 벨을 눌러줘 들어올 때도 많았다.

   그렇게 밖에 나가서 돌아다니고, 중성화가 뭔지도 모르던
시절이니 빠꼼이는 임신을 해서 옥상 창고에서 새끼를
낳은 적도 있었다. 그러다 시간이 흘러 자는 것만이라도
현관에서 지내게 해달라고 부탁했고, 현관에서 자고 있으면
몰래 데려다가 내 방에서 재우고 새벽에 내보내고는 했다.
14년의 세월 동안 개에 대한 인식도 많이 바뀌었고, 그 덕에

빠꼼이는 현관에서 거실로, 거실에서 내 방으로 영역도 넓어졌다. 엄마는 '안 돼, 안 돼, 안 돼'에서 '돼, 돼'가 되었고 빠꼼이만 두고, 1년간 외국에 나갔을 때에도 두 분이 알아서 돌봐줬다. 빠꼼이의 마지막도 제주에 있던 나 대신 부모님이 지켜주셨다. 처음엔 내가 데리고 온 나의 개였지만 마지막엔 분명 엄마, 아빠의 개로 떠난 빠꼼이. 귀도 눈도 멀어서 사람이 와도 모르던 빠꼼이가 떠난 자리에 오랜만에 동물이 있으니 집 안이 화기애애하다. 나는 지금도 부모님이 개나 고양이와 함께 살기를 바라지만 쉬운 일은 아닐 것이다. 이렇게라도 보고 예뻐하는 게 다행이라는 생각을 한다.

　엄마와 아빠가 생각보다 더 나무를 좋아하셨다. 나무는 그사이 밥도 먹고, 물도 마셨다. 나무가 조금 쉴 수 있게 두고, 우리를 데려다준 친구 지은과 송이와 함께 점심을 먹고 오기로 했다. 나무도 적응을 잘하고, 부모님도 좋아하시니 마음 편하게 아파트 밖으로 나왔다. 고양이 세 마리와 함께 살고 20년 집사 경력의 송이도 나무 같은 고양이는 없다며 칭찬한다. "그래? 그런 거야? 당연한 게 아니지?" 괜히 알면서도 되묻는 것, 그것이 참된 고양이 집사가 아니겠는가. 우리는 마음 편하게 식사를 한다. 모두 적응력 갑 나무 덕분이다.

육지 고양이, 루나와 봄봄이의 초대장

부모님께 나무를 맡기고 아침부터 긴장하며 오느라
아무것도 못 먹은 배가 출출해 친구들과 집을 나온 시간.
나무는 우리를 찾지 않고, 집 구경 삼매경이길래 집에서
늘 하는 것처럼 "엄마 밥 먹고 올게."하고 나왔다. 친구들과
식사를 하고, 커피를 마셨다. 긴 시간은 아니었지만 나무가
어떻게 있을지 궁금해 엄마에게 카톡을 보내니 나무가
욕조에 들어갔다고 사진을 찍어 보내줬다. "귀여워…." 사진을
보자 나도 모르게 말이 나왔다. 어디서 이렇게 귀여운 게
솟아서 장사도 일도 다 뒷전으로 하고 여기까지 함께 오게
했는지 신기했다. 나무의 사진을 찍었을 엄마의 모습도

귀여워 사진을 한참 봤다.

　그렇게 볼일을 다 보고, 집에 돌아오니 나무가 엄마 아빠랑 낚시 놀이를 하고 있는 게 아닌가? 장난감을 챙길 정신은 아니라 화장실만 보내놨는데 엄마는 고양이랑 살아본 적도 없으면서 효자손에 집에서 남는 끈을 묶어 장난감을 만들어 놓고 있었다. 신박한 아이디어에 웃음이 터졌다. 고양이를 키우는 친구도 함께 웃었다.

　교육 도구도 장난감도 적었을 어렸을 때에 부모님들은 우리와 이렇게 놀아줬을 것이다. 품에 안아 "이건 대추나무야, 저건 참새야, 저기 구름이 지나가네…"하며 하나하나 알려줬겠지. 이처럼 동물을 잘 몰라도 사랑하는 마음으로 자연스럽게 나무와 부모님이 어울리고 있었다. 나무도 제집처럼 소파에서 나를 쳐다보길래 '부모님께 맡기고 다음 약속을 갈까?'하다가 나무도 초대받은 집들이라 다시 나무를 가방에 넣어서 친구들과 집을 나왔다.

　집들이에 가는 친구네 집은 경기도였는데 차 타는 건 일도 아니라는 듯 나무는 익숙하게 잘 있었다. 차 안을 돌아다니지도 않고, 품에 안겨서 차창 풍경도 보고, 우리들이 쓰다듬는 손길도 느끼고… 발작이 아니라면 나무는 사실 다른 고양이와 똑같은 모습이었다. 그래서 지금도 어떤 증세가 있는 게 아니라 함께 다닐 수 있었다. 건강한 고양이라도 이렇게 차를 타고 친구네 집에 놀러 가는 게 당연한 일은 아닌데 우리 나무가 너무 당연하게 하고 있어 새삼 신기하다.

지금 가는 친구네 집엔 고양이 두 마리가 산다. 이름은 루나와 봄봄이, 둘 다 코리안쇼트헤어고, 한 마리는 치즈색, 한 마리는 삼색이다. 둘의 사이가 무척 좋고, 다른 고양이와도 잘 지낼 거라고 해서 나무도 집들이에 초대받았다. 그리고 평소 점프력이 낮고, 사냥에 어설픈 나무를 보고 본인들 고양이는 1m도 넘게 점프하니까 나무에게 점프 실력을 보여줘 나무의 코를 납작하게 해주겠다는 이야기도 덧붙였다.

어쩐지 결투장 같은 초대장이었지만 우리는 기꺼이 루나와 봄봄이의 점프 쇼에 박수를 쳐줄 마음으로 친구네로 향했다. 집에서 40분 가까이 달려 친구네 집에 도착했다. 나무를 다시 가방에 넣고, 아이 안듯 앞으로 가방을 멘다. 친구네 집의 문이 열리고, 친구들이 반갑게 맞이해준다. 친구들의 말처럼 루나와 봄봄이가 숨지 않고 거실로 나온다.

리모델링을 해서 예뻐진 친구네 집에 감탄하며 나무를 내려둔다. 나무는 당연한 듯 가방에서 나와 친구네 집을 킁킁거리고 돌아다닌다. 루나와 봄봄이가 나무가 신기한지 냄새를 맡는다. 그리고 어떻게 됐냐고? 우리가 갈 때까지 루나와 봄봄이를 보지 못했다. 나무가 오면 보여주자고 연습했던 점프 쇼도 눈앞에서 펼쳐지지 않았다. 나무만

유유자적 친구네 집을 돌아다녔고, 루나와 봄봄이의
화장실을 이용했고, 둘의 사료를 먹고, 둘의 캣타워와
캣터널을 이용했다.

　나무는 정말 그 어디에도 없는 천하태평 냥냥이었다. 그런
나무 덕분에 오랜만에 친구네 집에서 회포를 풀고 맛있는
식사를 즐겼다. 코를 납작하게 해주겠다는 루나와 봄봄이는
나무가 떠난 후에도 그전에는 한 번도 하지 않았던 서로를
위협하는 하악질을 하고, 며칠을 혼란함 속에서 보냈다고
한다. 어쩐지 나무가 둘의 코를 납작하게 해준 듯하다.
아니지, 루나와 봄봄이는 그런 말을 한 적이 없으니 친구의
코를 납작하게 해준 셈이다.

　예쁘고 다정한 루나야 봄봄아, 다음번에 서울 가면 또
초대해주렴. 그땐 1m 넘는 점프를 꼭 보여주기다!

제주 소년의 D-day

서울에서의 1박을 하고 일어난 아침. 나무는 나보다 먼저
일어나 집 이쪽저쪽을 돌아다닌다. 오늘 있을 검사를 위해
아침을 못 먹어 배가 고플 만도 한데 아직은 청소년 냥이라
그런지 노는 게 먼저 같다. 그 와중에 화장실은 성공적으로
이용했다. 나무를 들어 안고, "여기가 엄마, 서울 방이고,
엄마가 파란색을 좋아해서 파란 헤드의 침대, 파란 커튼,
파란 이불로 방을 꾸몄어. 조금 투 머치지?"하며 아이에게
말을 걸듯 대화를 한다. 원래 본가에 오면 옛날 앨범을 함께
보는 시간 같은 게 있는 거 아닌가? 지루해도 들어줘야 하는
코스다. 쏟아지는 아침 햇살이 핸드폰 액정에 닿는다. 그걸로

빛 놀이를 해주니 나무는 신이 나서 빛을 쫓는다. 공복이지만 기운찬 모습으로 D-day를 맞았다.

그렇다. 드디어 D-day다. 제주 소년 나무가 서울에 온 이유, 차 타고, 비행기 타고 이곳까지 온 이유. MRI가 없는 제주에서 MRI가 있는 서울의 병원에 가기 위한 날. 서울 집과 가까운 신촌에 MRI를 갖춘 동물병원이 있었지만, 집에서 1시간 정도 걸리는 반포동의 H병원이 히끄네도 갔던 병원이고, 수의사 친구도 추천을 하기에 이런 이유로 나무와 함께 차로 이동해 동물병원에 도착했다.

병원의 첫인상은 대기 공간을 유럽 어딘가의 대로나 광장이 연상되게 꾸며둔 탓에 병원이 아닌 쇼핑몰에 온 기분이 들었다. 병원이 무척 컸고, 안내 데스크에 놓인 수의사 선생님들의 명함이 어림잡아도 30개 이상은 되어보여 '제주시의 동물병원을 다 모으면 이 정도 되는 거 아닌가?' 싶게 수의사 선생님이 포진되어 있었다. 요즘 서울의 동물병원은 안과, 치과, 내과 등 전문 분야로 나눠 있다더니 이곳은 사람의 종합병원처럼 모든 진료 분야가 다 모여 있었다.

접수대에 나무의 진료를 접수하고, 예약을 잡아놨기에 조금 기다린 후에 나무의 차례를 맞이할 수 있었다. 나무가 진료에 들어가기 앞서 보호자인 나는 마취동의서를 써야했다. 먼저 수의사 선생님의 설명을 들었는데 내용은 이러했다.

검사를 위해 마취를 하게 될 거고, 건강한 개체라도 일
년에 2~3마리는 깨어나지 못하는 경우가 있고, 깨어나지
못해도 병원에 책임이 없다는 내용의 동의서였다. 동의서에
사인을 하지 않고 나가든가, 아니면 사인을 하고 마취를
진행하거나 선택지는 두 가지이다. 사람이 수술을 앞두고
사인을 하는 경우도 마찬가지겠지만 자발적으로 하는
것처럼 될 수밖에 없는 상황 때문에 사인하는 내 손을
누군가가 억지로 핸들링하는 기분을 지울 수 없다. 하지만 이
모든 것이 만에 하나 있을 사고의 책임 소재를 위한 절차이니
따를 수밖에 없다. '건강한 동물도 깨어나지 못하는 일이 일
년에 2~3마리나 되다니…' 나는 혼잣말을 읊조리며 사인을
했다. 이제 나무를 가방째로 수의사 선생님에게 맡긴다.
아무리 준비를 했다고 해도 담담해지지 않는 마음이다.

　몇 시간 뒤면 우리는 나무의 발작 원인을 알 수 있다.
그것이 특발성이든 진단명이 나오든 나무의 발작이 멈추는
일은 없다는 건 어렴풋이 알 듯했다. 그렇다면 특발성보단
보다 구체적인 진단명을 받는 게 지금 상황에선 최선이라는
생각이 들었다. 나무가 우리와 함께 할 수 없는 공간 너머에
있다. 태어나 처음 마취를 할 거고, MRI를 찍게 된다. 손을
잡아줄 수도, 설명을 해줄 수도 없는 나무만의 시간. 우리는
그저 나무가 이 시간을 잘 통과해서 다시 우리 곁에 오기를
바라는 수밖에 없다.

그래서 얼마나 살 수 있어요?

밥을 먹는다. 차를 마신다. 슬픈 일이 있어도 힘든 일이
있어도, 사람들은 다시 밥을 먹고, 일상생활을 이어간다.
나무를 병원에 맡기고 나와 미정과 밥집을 찾아 밥을
먹었다. '힘든 일이 있는데 밥을 먹으라니 그게 되나?' 스무
살 무렵에는 이 행위가 힘들었다. 그게 가장 도드라지는
곳은 장례식장이었다. 울다가 또 웃다가 밥을 먹는다는 것이
놀라웠는데 '산 사람은 또 살아진다.'라는 말처럼 살아진다는
것을 나이가 들면서 자연스럽게 알게 되었다. 아침 빈속이라
밥을 먹는다. 시간을 때우기 위해 차를 마신다.

그렇지만 온 정신이 저 옆 건물의 나무에게로 가있다.

미정과 대화를 나눈다. '만약'이 난무하는 대화. 나무의
경과가 좋거나 나쁘거나 의지할 건 서로뿐이었다. 차도 다
마시고, 주변 건물을 배회할 때쯤 병원에서 연락이 왔다.
나무가 마취에 깨어났으니 와도 좋다고 했다. 우리는 빠른
걸음으로 병원으로 갔다. 선생님이 마취에서 깨어나는
나무를 건네주었다. 나무를 이동장에 넣고, 조금 쉬게 한 뒤
우리는 나무의 검사 결과를 들었다.

　　결과를 말하기에 앞서 수의사 선생님은 나무의 마취가
깨지 않아서 30분 정도 더 걸렸다고 했고 추가 검사가
필요해서 뇌척수액을 뽑았다고 말했다. 그 바람에 나무의
뒤통수에는 옛날 두발 단속에 걸려 머리가 밀린 학생처럼
바리깡 자국 그대로 일명 '고속도로'가 나 있었다. 웃으면 안
되지만 그 모습이 재미있어 '풉' 웃고 말았다. 선생님은 말을
이어 나갔다. 나무는 앞으로도 마취할 일이 있으면 위험할 수
있으니 최대한 하지 말라는 말과 함께 나무의 검사 결과를
알려주었다.

　　흑백 필름을 꺼낸다. 나무의 MRI 단면이다. 그리고 예로
쓰일 다른 고양이의 뇌 단면 사진을 꺼낸다. 필름 두 개를
놓고 설명해주는데 누가 봐도 나무의 뇌가 건강한 고양이의
뇌와 다르게 생겼다. 나무의 병명은 '뇌수두증'이었다.
뇌수두증은 뇌척수액이 뇌를 따라 척수를 흘러 몸에
흡수되는데 그 척수액이 체내에 흡수되지 않아서 저장할

공간을 찾지 못하고 두개골로 올라가서 뇌에 압력을 가하면 발작을 일으키는 병이다. 치료 방법은 약을 먹거나, 심하면 몸에 튜브를 끼워서 뇌척수액을 빼는 방법이 있는데 튜브 삽관은 위중한 고양이가 하는 방법이고, 나무는 약을 먹는 것으로 조절이 가능한 상태라고 했다.

설명을 다 들은 나는 수의사 선생님에게 질문을 한다. "그래서 얼마나 살 수 있나요?" 혹시 시한부는 아닌지 궁금해져 물었다. 약만 먹으면 오래 산다는 답을 듣고 싶었는데 수의사 선생님은 5년도 10년도 아닌 "2년 정도는 괜찮을 거예요."라고 덧붙였다. "2년이요?"라고 대답하니 "2년 정도는 별 탈이 없이 지낼 수 있고, 그다음부턴 또 지켜봐야죠."하고 말한다. 지금 생각하면 참 미련한 질문이다. 의사 선생님이 신도 아니고, 수명이 몇 년 남았는지 어떻게 알 것인가. '뇌수두증'이라는 낯선 이름 앞에 그저 지푸라기 잡는 심정으로 물었을 뿐이었다.

병원을 나왔다. 이제 의료 정보는 제주의 병원으로 보내고, 그곳에서 더 자세히 설명해주고, 치료 방법을 상의하기로 했다. 나무를 데리고 택시에 탔다. 기사님에게 양해를 구하고 나무를 꺼내 나무가 가장 편한 자세로 안아준다. 우린 서로 말이 없었지만 알고 있다. 나무와 함께하는 동안 최선을 다해서 지켜주겠다는 생각을 하고 있을 거라는 걸. 나무가 미정의 품에서 잔다. '걱정하지 마, 걱정하지 마, 괜찮아,

괜찮아.' 나무를 쓰다듬는 손길에 마음을 담는다.

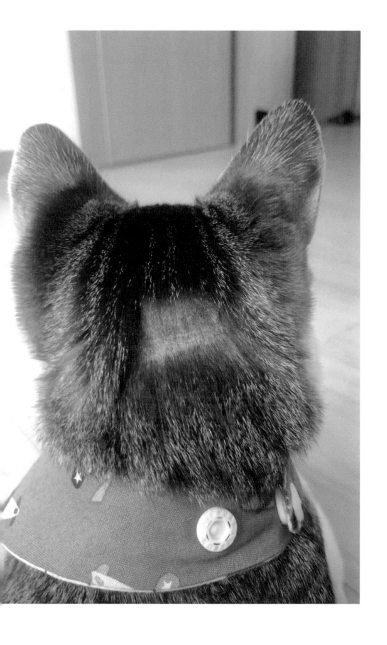

또 한 번의 비행, 비행기 유경험묘

2박 3일의 서울 일정이 끝나간다. 나무는 여전히 부모님 집을 내 집처럼 다니고 있고, 엄마 아빠는 소파에 나무를 앉혀두고 서로 쓰다듬고, 효자손 리본 놀이를 해준다. 나무를 이대로 두고 가도 두 분이 잘 키우시겠다는 생각이 들 만큼 나무를 예뻐하셨다.

　나무가 집에 오기 전 평생 개와 함께 살 거고, 그렇다면 조금 더 배움이 필요하지 않을까 하는 생각에 반려견지도사 자격증을 공부한 적이 있었다. 수업 내용 중에 반려동물과 함께 사는 삶이 노후에 미치는 영향에 대해 요양원 두 곳을 선정해 실험한 결과가 나온다. 고양이와 개를 두고 쓰다듬고, 빗질해 주는 시간을 가진 그룹과 그렇지 않은 그룹으로 나눠서 실험했다. 결과는 반려동물과 함께 지낸 분들이 여러모로 긍정적인 일이 많이 일어났다고 한다. 영화 〈소울〉에서도 병실을 돌아다니며 환자들에게 마음의 안정을 주는 고양이가 등장하기도하니 반려동물의 역할은 크고 다양하다는 생각이 든다.

엄마는 그냥 앞에 있으니 예뻐하고 챙겨주는 거라고 하지만, 도심에서 자식이 결혼하고 나서 '빈둥지증후군'을 겪고 있다면 동물 친구들이 큰 도움이 될 것 같다는 생각이 들었다. 하지만 우리 나무는 나도 예뻐 죽겠고 내 삶에도 긍정적인 영향을 끼치고 있으니 두고 갈 순 없는 노릇이다.

서울에 보내 둔 화장실과 두부 모래를 내 방 한쪽에 정리한다. 또 서울에 올 일이 있을 때를 대비한다. 사람의 짐을 싸고, 나무를 가방에 넣는다. 이제 가방 안에서 있는 게 제법 익숙해졌다.

아빠가 공항철도역까지 배웅을 해줘서 여유 있게 나와서 공항으로 간다. 미정은 서울에 올 때보다 넉넉하게 츄르를 챙겼다. 올 때와 똑같이 공항에서 가방과 나무의 무게를 합산해서 확인하고, 엑스레이 검색대를 통과한다. 제주공항과 다르게 김포공항에서는 고양이를 꺼내라는 말을 하지 않았다. 반려동물이 비행하는 일이 잦지 않은 건지, 직원마다 숙지하는 룰이 다른 건지, 아니면 공항마다 차이가 있는지 모르겠지만 다행히 별일 없이 통과를 했다.

　이제 제주 소년은 다시 제주로 간다. 호이는 충청도 태생이라 어렸을 때 비행기를 타고, 제주에 왔다. 호삼이는 제주 출신이고 서울에 갈 일이 없어 비행기를 타본 적이 없다. 나무는 오늘 제주로 돌아가면 왕복으로 비행기를 탄다. "호삼이 형아는 비행기를 한 번도 못 탔는데 나무는 두 번이나 탔구나." 나무 들으라는 듯 이야기를 해준다. '집에 가면 나무와 호이, 호삼이는 동물들만 통하는 대화를 할까? 나무는 서울에 다녀온 경험담을 늘어놓을까?' 혼자 재미있는 상상을 하며 대기 시간을 보낸다. 나무는 공항을 경험한 고양이답게 아직까지는 평온하다.

　비행기 탑승을 알리는 방송이 나온다. 줄을 서고, 표를 보여주고, 비행기 연결통로를 지나 배정받은 좌석을 찾아간다. 가방은 선반에 위에 넣고, 나무를 담은 이동장을 발밑에 내려둔다. 그리고 어떻게 되었냐고? 나무는 비행시간 내내 잤다. 비행기는 아무 일도 아니라는 듯 나무는 푸–욱 자고 일어났다. 챙겨간 츄르도 먹지 않았고, 단 한 번도 울지 않았다.

　돌이켜보면 나무는 이동장 훈련이 안 되었던 것 같다. 혹시나 갑갑함을 느껴서 발작을 할까 봐 적응하기도 전에 나무를 이동장에서 꺼냈던 게 이번 비행에선 큰 도움이 안 됐던 거였다. 그런데 2박 3일 동안 이동하며 이동장에 있던

시간이 늘고, 거기에 적응하고 이동장을 편하게 생각하기
시작하면서 괜찮아진 것 같다. '그래, 비행기만큼은 아니지만,
꽤나 시끄러웠던 인테리어 공사 소음도 이겨냈었는데
이동장 안에 오래 있어 본 적이 없어 그랬던 거구나. 또
이렇게 나무에 대해 알아가고, 나무는 또 금방 적응해 우리를
안심시켜주는구나.' 나는 자고 있는 기특한 나무를 애정을
담아 바라본다.

   1시간을 날아 다시 제주에 도착했다. 탈 때와 똑같이
선반에서 가방을 내리고, 비행기 연결통로를 지나고, 공항을
나와 차에 탄다. 이동장 문을 열어주니 나무가 미정의 품에
폭 안겨 자리를 잡는다. 기특한 나무에게 츄르를 주고,
비행기를 편도로 타본 호이와 비행기를 한 번도 못 타본
호삼이가 있는 집으로 간다. 이제 우리 나무는 비행기
유경험묘가 되었다.

하루하루 행복하게 사세요

과거에 사는 사람은 후회 안에 살고, 미래를 사는 사람은
불안 안에 살고, 현재를 사는 사람은 행복 안에 산다는 글을
봤다. 고개를 끄덕이게 된다. '바로 지금, 여기를 살자.'라는
말도 많이 한다. 언제 들어도 맞는 말이다. 하지만 지금을
살자는 말을 이토록 많이 하는 것을 보면 다들 그렇지 못한
삶을 살고 있어서인 건 아닐까?

   나도 위의 말과 결이 같은 "하루하루 행복하게
지내세요."라는 말을 들었다. 나무와 함께 간
동물병원에서였다. 나무의 MRI 원정기가 끝나고 다니는
병원에서 더 자세한 검사 결과와 앞으로 먹일 약을 지을 때

들었던 말이다. 뇌수두증이라는 낯선 병명을 곱씹는 날, 나는
또 "그래서 나무는 얼마나 사나요?"라고 물었고 그에 대한
답이었다.

　사실 내가 듣고 싶은 말은 정해져 있었다. "걱정하지
마세요, 약만 잘 먹으면 건강한 친구들처럼 별 탈 없이
오래오래 살 수 있어요."라는 말이었다. 하지만 돌아오는
답은 어째서인지 경구 같은 "하루하루 행복하게
지내세요."였다. 사람 병원이든 동물병원이든 병원에 다니는
날이 늘어나면서 의사들은 희망의 말을 하지 못한다는
걸 알게 됐다. "너무 걱정하지 마세요", "잘될 겁니다.",
"문제없어요.", "너끈합니다." 같은 희망의 말은 그들에게
책임 소지의 말로 돌아간다는 것을 말이다. 그래서 수의사
선생님도 고르고 고른 말일 것이다. 과거도 미래도 아닌
오늘의 말.

　이제부터 나무는 매일 아침저녁으로 약을 먹어야 한다.
서울 병원에서 돌아오는 길에 뇌수두증을 검색했었다.
뇌수두증의 증상으로는 경련, 한쪽으로 빙글빙글 도는
현상, 머리 기울임, 보행 이상, 멍한 의식, 시력 소실, 침 흘림
등이 있다고 한다. 나무는 아직 위의 증상들이 많이 보이진
않는다. 전국에는 분명 뇌수두증을 앓는 고양이가 있겠지만
제주의 병원에서도 뇌수두증 고양이는 처음이라고 하고,
친한 수의사 친구도 들어는 봤지만 겪은 적은 없다고 하니

흔한 질병은 아닌 것 같다. 그런데 운이 좋다고 해야 하나? 나무보다 아주 조금 먼저 뇌수두증 진단을 받은 지인의 고양이가 있었다. 내가 운영하는 숙소의 단골손님이자 내가 진행했던 '느슨한 사이'라는 프로그램의 참여자로 무척 친하게 지내는 츄였다.

츄의 고양이 연경이는 길고양이 엄마가 낳은 고등어 무늬의 새끼인데 처음 발견했을 때 잘 돌아다니다가 나중에는 걷지 못하게 되어 임보를 하다가 입양까지 하게 된 사례이다. 일어서지도 못하는 연경이를 데리고 츄는 MRI를 찍었다. 연경이는 뇌수두증과 선천성 소뇌형성부전이라는 병을 앓고 있었다. 나무와 비슷한 시점에 태어났을 거라 나이도 비슷했고, 고등어태비인 점도 같아서 우리는 같은 조리원 동기를 만난 기분으로 서로에게 질문하고 용기를 주고받았다.

연경이라는 이름은 배구 황제 김연경 선수처럼 튼튼하고, 건강하고, 멋있는 고양이로 자라라는 의미를 담았다. 나무, 비록 '너무'의 오타로 시작되었지만 튼튼한 아름드리나무로 자라라는 의미가 담겨있다.

우리는 미래를 모른다. 그래서 불안할 수도 있겠지만 기대할 수도 있다. 연경이와 나무가 얼마나 오래 살지 신만이 안다. 그들의 보호자인 우리는 하루 두 번 충실하게 약을 먹이고, 맛있는 식사를 챙겨주고, 한 번 쓰다듬을 거 두 번 쓰다듬어주고, 말 그대로 하루하루 행복하게 살면 된다.
그런 하루를 모아 10년을 만들고 20년을 만드는 건 우리의
몫이라고 생각하면서.

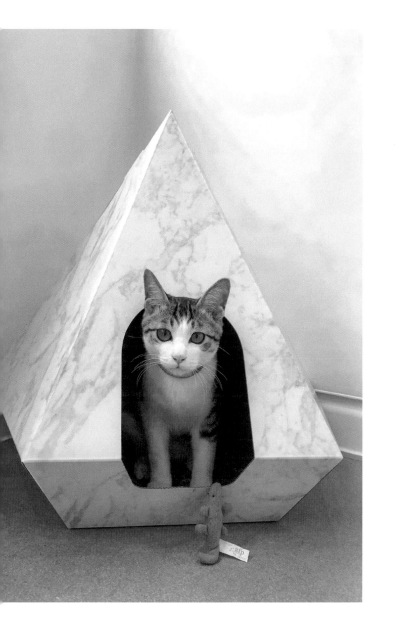

Part 3

고양이라는
세계

잘 먹는 고양이가 오래 산다, 우리 집 먹보

개만 살던 집에 고양이가 들어온 후 처음엔 낯설고, 잘해 낼수 있을까? 걱정이 많았다. 사람의 고민뿐만 아니라 '호이와 호삼이가 나무를 잘 받아줄까?'하는 걱정도 있었다. 장남 호이는 어려서부터 무척 예민해서 만지는 걸 싫어했고, 어쩌다 곁에 와 몸을 붙여서 만져도 되는 줄 알고 쓰다듬으면 "내가 언제 만지라고 했냐!"며 버럭 화를 내고 마우스펀치를 날린다. 호이와 반대로 호삼이는 늘 애정을 갈구하는 타입에 "나를 만져라! 더 만져라! 더 더 격렬하게 만져라!"면서 엉덩이와 머리를 들이미는 개라, 호이와 호삼이의 '만져, 만지지 마 밸런스'는 잘 유지되고 있다.

사료를 먹는 것도 다른데 호이가 허겁지겁 먹는 편이라면 호삼이는 깨작깨작 먹는 편이다. 호삼이의 먹는 타입으로 봤을 땐 자율 급식이 맞았지만 호이에게 맞추려면 제한 급식이 맞았다. 산책의 유형도 달랐다. 가슴이 발달하고 다리가 긴 호삼이는 육상 종목으로 비유하면 스프린터 스타일이라 박차고 달려나가는 걸 좋아했고, 호이는 코를 땅에 박고 냄새를 맡고 어쩌다 길에 떨어진 음식물이 있다면 신나서 먹는 태평한 산책러였다. 한 집에서 8년과 10년 넘게 산 개들도 이토록 다른데 고양이는 어떨까?

나무는 호이와 호삼이 중에 스치기만 해도 왕왕 짖는 호이보단 앙앙 무는 시늉을 하며 자기랑 잘 놀아주는 호삼이를 따르고 좋아했다. 나무가 한 살이 되기 전까진 사람보다 호삼이를 따랐다. 호삼이는 무뚝뚝한 형이랑 살다가 어느 날 생긴 살가운 털 동생이 낯설고 부담스러웠을 것이다. 하지만 우리 집을 거쳐 갔던 임시 막냇동생들에게 언제나 그래왔듯 친절하게 대했다. 호이는 걱정과 다르게 물지도, 쫓지도 않았고, '무심한 듯 시크하다'는 게 무엇인지 정확하게 알려주었다.

나무는 뭐든 주는 대로 잘 먹었다. 건사료, 습식사료, 츄르, 간식 뭐든 잘 먹었다. 형아들의 간식도 넘봐서 가끔 작게 떼어 주면 그것도 배우 전도연처럼 코를 찡긋거리며 먹곤 했다. 복층 집이라 개들은 1층, 사람은 2층까지 쓸 수 있는데

나무는 2층에서 식사를 한다. 집에서 오래 생활한 개라도
음식을 먹을 때만큼은 동물적인 감각이 튀어나올 수도 있어
밥자리 근처에 있는 반려인을 자신의 밥이나 간식을 뺏는
경쟁자로 간주하여 무는 일도 발생한다. 나무에게도 그런
일이 있을 수 있어(물리면 실제로 죽을 수도 있기 때문에) 나무의
밥자리는 2층에 마련해두었다.

　　아침에 한 번, 저녁에 한 번 사료를 주는 개와 다르게
조금씩 자주 사료를 줘야 하는 나무의 밥시중은 쉽지
않았는데 배가 고프면 잠든 나의 가슴팍에 올라와
식빵을 구워서 답답하게 한다거나, 안경이나 핸드폰 등을
떨어트려 잠을 깨워 자신의 요구를 들어주라 말한다.
야행성인 고양이의 수면 주기를 사람에게 맞추려다 보니
새벽에도 밥을 줘야 하는 일이 잦았고, 그래도 배고프다고
아우성치길래 미정과 상의 끝에 나무는 자동급식기를
사용해보기로 했다.

　　자동급식기는 핸드폰과 연동되어 몸무게를 입력하면
사료의 그램 수를 계산해 하루에 먹을 양을 정해주고, 원하는
시간을 입력해 사료를 줄 수 있는 아주 똑똑한 기계였다.
자동급식기가 우리 집에 등장한 이후로 숙면을 할 수 있고,
나무는 유일하게 급식을 먹는다는 이유로 우리 집에서
'급식냥'이라는 별명이 붙었다.

　　우리 집 급식냥은 급식기를 처음 들여왔을 때 내내 급식기

곁에 머물렀고, 배가 고파지면 급식기를 두드려 팼다. 이빨로 깨물고, 뚜껑을 열려고 해서 한동안은 테이프로 뚜껑을 고정했다. 폭력으로 해결되지 않는 걸 자연스럽게 알게 된 급식냥은 이제 오감을 동원해 밥이 나오는 소리를 들었다. 우리에겐 전혀 들리지 않는데 급식냥은 하던 일을 멈추고 2층을 응시하다가 뛰어가는 날이 많았고, 밥이 나오는 시간이면 2층으로 올라가는 계단에 앉아 급식기가 있는 방향만 하염없이 바라봤다.

누군가 그랬다. 식탐이 있는 고양이가 오래 산다고, 아파도 먹으려고만 하면 살 수 있다고. 맞다. 먹는다는 건 생의 본능이다. 그 본능이 강하면 오래오래 살 수 있다. 식욕이 떨어질 일 없어 보이는 우리 집 급식냥. 그 덕에 조금씩 통통해지고 있지만 잘 먹고, 건강하게 오래오래 우리와 함께 살자. 급식냥 나무야!

길냥이에게도 계보는 있다

"엄마 닮아서 그래." 혹은 "아빠 닮아서 그래."라는 말을 한 번쯤 듣고 자랐을 거다. 좋은 것을 닮았을 땐 "얘가 나 닮아서 그래."라고 하고 조금 나쁜 버릇을 닮았을 땐 "네 엄마를 닮아서 그래." 또는 "내 아빠가 꼭 그러더니 똑 닮았다." 하는 말들 말이다. 우리에겐 거창한 족보 책을 펼쳐 너의 할아버지가 어떻고, 그 할아버지의 할아버지는 누구고 하는 말이 아니어도 가족사진에 찍힌 나를 보면 필연적으로 '이 집 자식이구나'하는 순간이 있다.

그렇다면 고양이는 어떨까? 마당냥을 돌본지 10년 정도 되니 고양이들에게도 계보가 있다는 걸 자연스럽게 알

수 있다. 나의 집인 슬로우트립 게스트하우스의 마당을
기준으로 옆집 할머니의 집과 귤밭, 귤밭 옆에 시인의 집,
그 집을 넘어 언덕까지가 하나의 영역이다. 반대쪽은 우리
집과 담을 함께 쓰는 옆집, 그리고 우리 동네에서 예쁜 마당
대회를 하면 분명 1등을 할 팽나무 집을 지나 도박판이
벌어져 경찰이 출동하곤 하는 상아색 집과 미정이 운영하는
가게 맞은편까지가 내가 챙겨주는 고양이들의 또 다른
영역으로 보고 있다.

　마당냥이들은 상주하는 고양이와 밥만 먹고 가는
고양이로 나눠진다. 상주하는 고양이의 특징은 고양이
엄마가 나에게 키우라고 주고 가는 바람에 새끼 때부터
돌보고, 그렇다 보니 수월하게 TNR을 하게 된 냥이로 이
고양이들은 슬로우트립 마당을 '고향'으로 알고 자라고,
누군가가 나에게 "길냥이인가요?"라고 물으면 "아니요.
저희 마당냥입니다."라고 말할 수 있는 슬로우트립 소속
고양이들이다.

　다음으로는 밥만 먹고 가는 고양이들인데 이 친구들은
풍운아 그룹이다. 주로 TNR이 되지 않은 수컷 고양이이며
세상을 귀여움으로 정복시키기 위해 고양이 씨 뿌리기에
열중하는 농부들이자, 자신의 자식 농사를 방해 받는다
싶으면 파이터로 돌변해 온몸이 상처와 피로 물드는
싸움꾼들이다. 이들은 사람의 눈치를 보고, 밥만 먹고

떠나는데 얼굴이 딱 돌쇠를 닮아 '마님마님'이라고
부르는 얼룩소 무늬의 고양이와 무늬가 해태상을 닮아
'해태해태'라고 부르는 고등어태비, 짝짓기를 시도하다
나에게 걸려 실패한 후 예비 신랑의 준말인 '예랑예랑'이라고
부르는 치즈태비. 이렇게 세 마리가 대표적이다.

　이 셋 중에서 고등어태비인 해태해태를 나무 아버지라고
부르기도 하는데 우리 구역에서 TNR이 안 된 고양이라
합리적 의심을 하고 있다. 나무 아버지는 나무랑 얼굴이
닮았고 무척 잘생겼다. 큰 죄를 저질러 현상수배가
떨어진다면 분명 '호남형'이라고 쓰일 얼굴이다. 싸움은 영
못하는지 팔과 얼굴에는 상처가 수두룩하고, 얼마 전에는
목덜미도 물려서 왔다. 밥을 먹을 때는 꼭 식빵을 구운 듯한
자세로 먹고 자기가 밥을 먹고 있을 때 다른 고양이들이 오면
경계의 울음을 우는데 그 소리가 무척 독특하다. 잊을 만하면
나타나 밥만 먹고 사라지는 통에 TNR을 시도조차 못 하고
있지만 그 덕분에 나무를 만난 건 다행이라고 해야 할까?

　그렇게 수컷들은 싸우고, 씨를 뿌리며 고양이의
귀여움으로 세상을 정복하는 데 힘쓰고 있다면 암컷들은
새끼를 낳아 키우는데 내가 확인한 어미는 삼색이 두 마리와
치즈색 한 마리가 있다. 고양이의 세계는 무척 재미있는 게
삼색이 엄마라도 낳는 새끼를 보면 치즈, 고등어, 턱시도 등
아주 제각각이다. 고양이는 비슷한 시기에 각각 다른 수컷 세

마리와 짝짓기를 했다면 한 엄마, 세 아빠도 가능하다는 말을 들었는데 그걸 내 눈앞에서 보는 건 또 다른 신세계였다.

애정을 가지고 길냥이들을 바라보면 그들에게도 계보가 있다. 엄마 고양이가 있고, 새끼 고양이가 있다. 새끼 고양이가 성장해 다시 성묘가 되고, 형제들과 함께 자라고, 나이 들어가고, 아프기도 한 그들만의 생애 주기를 보면서 나는 적기에 나서줄 수 없음에 때로는 괴롭고, 때로는 죄책감에 시달리기도 한다. 하지만 지금처럼 밥과 물을 챙기고, 나를 믿고 따를 때쯤엔 TNR을 보내고, 운이 좋으면 입양도 보내면서 살아왔기에 그 선물로 나무를 만날 수 있었다고 생각한다.

해태해태가 나무의 아버지가 아닐 수 있다. 하지만 고양이는 공동양육을 한다지. 그렇다면 나는 길냥이들의 엄마고, 누나고, 이모고, 고모였으면 좋겠다. 앞으로도 괴롭고 힘들고 눈물지을 날이 분명히 있겠지만 나무를 우리 집에 보내 줬으니 기꺼이 그 감정들을 마주 보며 그들의 공동양육자를 자처해보고 싶다. 길냥이에게도 계보가 있다. 그 계보에 나의 족보도 있다.

4주마다 나무를 구독합니다

"네, 그럼 다음 질문으로 반려동물과 사는 데 가장 중요한 세 가지를 꼽는다면?"

내가 진행하는 반려동물 자랑 팟캐스트 〈니새끼 나도 귀엽다〉의 마지막 인터뷰에는 위의 질문이 꼭 들어간다. 미리 질문지를 주기 때문에 출연자들은 대답을 준비해올 수 있는데 개와 고양이 자랑은 달라도 이 질문의 답만큼은 늘 판에 박힌 듯 똑같은 답이 나온다.

통계를 정확하게 내보진 않았지만 가장 많이 나오는 단어들은 사랑, 책임감, 인내심, 경제력, 체력 정도다. 인내심이 빠질 때도 있고, 체력이 빠질 때도 있지만 빠지지 않는 것 중 하나는 경제력인데 반려동물과 함께 산 사람들이 이구동성으로 말을 하니 귀를 기울일 필요가 있다.

반려동물과 함께 사는데 어떤 지출이 있을까? 한 번 생각해보았다.

기본적으로 사룟값이 든다. 간식도 챙겨줘야 한다. 개와 함께 산다면 리드줄과 식기, 잠자는 방석이나 이동장 등이 기본값이고, 더 챙기려고 하면 옷과 장난감 등의 비용도 추가된다. 그 모든 것이 갖춰졌다면 등급이 나뉜다. 얼마를 기준으로 삼느냐에 따라 비용 차이가 난다.

고양이라면 사료, 간식 비용에 화장실, 모래 등 필수 소모품이 있고, 스크래처, 숨숨집, 해먹 등 작은 생활용품부터 집 안의 인테리어를 장악하는 캣타워와 캣휠 등도 상황에 따라 갖춰야 한다. 사료도 습식을 먹이냐 생식을 먹이냐를 나눈다면 금액은 천차만별이다.

여기까지가 건강한 개체와 함께 사는 기본이고, 변수로 꼽히는 병원비가 있다. 반려동물이 건강하다면 예방접종과 1년에 한 번씩 하는 건강검진 정도로 잘 넘어갈 수 있다. 그 비용도 절대 저렴한 가격이 아니지만 기본 중의 기본 비용이다. 하지만 여기서 아프기 시작하면 이런 말을 덧붙여줄 수 있다. "의료 민영화를 미리 체험하고 싶은 자가 길을 묻거든 손을 들어 동물병원을 가리켜라." 그렇다. 〈니새끼 나도 귀엽다〉에 출연한 많은 분이 왜 경제력을 꼽았는지 알게 되는 지점이다.

　나무는 뇌수두증 병명을 알게 된 순간부터 아침저녁으로 약을 먹어야 했다. 성장하면서 몸무게에 따라 그 양이 달라지고, 정기 검진 결과에 따라 달라지기도 한다. 약은 한 달 치를 지어오는데 나는 한 달 치를 30~31일로 생각했는데 병원에선 4주는 28일로 서로 한 달의 기준이 달라 언쟁을 한 적도 있다.

　나는 다른 분들도 나처럼 오해할 수 있으니 동물병원에 한 달이 아닌 4주치라고 말해 달라고 요구했다. 병원에서는 '뭐 이런 일로 깐깐하게 구나?'라고 생각할 수도 있지만 매달 약을 지어야 하는 입장에서는 적은 금액이 아니기에 예민해질 수밖에 없다. 그리고 반려인들이 자주 겪는 일이지만 응급상황으로 병원에 가면 병원비가 얼마가 나오든 일단 치료와 수술을 하는데 정신을 차리고 나면 병원비 폭탄의 영수증을 두 손에 받게 된다.

　반려동물과 함께 살려는 마음만 있으면 된다는 건 동화 같은 이야기다. 현실에선 병원비를 감당 못 해서 15년을 넘게 살던 개를 야산에 버리고 가기도 하고, 외관을 보고 주변 사람들이 알아볼까 봐 미용을 해서 버리는 정성을 쏟기도 한다. 동네 근처에 버리는 건 양반이고, 차를 타고 낯선 동네에 버리고 온다거나 배나 비행기를 타고 와서 제주도 같은 섬에 버리고 가기도 한다. 보호소에는 매일 같이 버려지는 개들이 들어오고, 그중에는 백내장과 당뇨 등을 앓아 육안으로 봐도 아파 보이는 개가 많다. 간혹 호스피스 개념으로 아픈 개를 입양해 마지막을 지켜주는 분들이 있는데 그런 경우는 많지 않아 아파서 들어온 개체는 입양의 기회가 거의 없고, 금방 안락사 명단에 오른다.

천만 반려인 시대라는 말이 있다. 방송에서도 채널마다 반려동물 프로그램이 있을 만큼 시대가 달라졌다. 애완동물이라는 호칭은 반려동물로 바뀌고 있고, 더 나아가 가족이라는 호칭도 함께 나눈다. 하지만 여전히 갈 길은 멀고, 반려인 개인에게 주어지는 책임이 크다. 검은 머리 파뿌리가 될 때까지 함께 살겠다고 선언하는 결혼 선언문은 깨도 된다. 그러나 나의 이름과 주소를 넣어 등록한 반려동물만은 머리가 파뿌리가 되어도 책임지는 마음을 갖도록 하자. 경제력은 그 마음이 있다면 동기부여가 되어 따라올 테니 말이다.

4주마다 들어가는 나무의 병원비를 나는 '구독료'라고 부르고 있다. 귀여움을 4주 동안 보는 구독료. 요새 구독 서비스도 많은데 나는 나무의 귀여움을 구독하고 있다고 생각한다. 하루에도 '귀여워'를 몇 번이나 내뱉게 하는데 우리 나무에게는 그 정도 비용을 지불할 가치가 충분히 있다.

평균대를 못하는 고양이

초등학교 하굣길에서였다. 유치원 앞에 더 이상 쓰지 않는 평균대가 버려져 있었다. 친구와 나는 평균대를 들고 집으로 왔다. 어린 나이에 들 수 있는 정도니 지금 생각해보면 성인 2명 정도 걸터앉을 수 있는 크기의 작은 평균대였던 것 같다. 나는 그걸 마당 한편에 뒀다. 올라가서 두 팔을 벌려 몇 발짝 걷기도 하고, 친구와 힘겨루기로 한 명을 떨어트리는 게임도 했다. 어느 날은 가느다란 평균대에 눕기도 했다. 그때 평균대에 누워 가만히 본 하늘과 공기가 좋아 지금까지 뜨거운 여름날을 좋아할 정도다. 사람들에게 '평균대'하면 체육 시간에 했던 운동이지만 나에겐 이렇듯 조금 특별한 기억으로 남아있다. 그렇지만 이제 일상에서 쓸 일이 없는 단어 '평균대'. 그저 기억에만 남아있던 그 말을 나무 덕에 다시 듣게 될 거라곤 생각을 못 했다.

나무의 약을 받기 위해 찾아간 병원, 나무는 우리에게 입양되기 전 앓은 칼리시바이러스로 눈은 짝눈이고, 다리를 절었다. 성장하면서 눈의 밸런스는 찾은 듯했지만 사실 자세히 보면 한쪽 눈이 튀어나와 있고, 그 눈이 더 컸다. 눈빛도 아픈 쪽과 안 아픈 쪽이 조금 다르다. 다행히 절었던 다리는 근육이 붙어서 육안으로 보이는 다른 점이나 불편이 없어 보였다.

"눈도 좋아졌고, 피검사 결과도 다 정상 수치 안에 있습니다." 나무의 검사 결과를 함께 보며 수의사 선생님은 말했다. "아, 다행이네요." 우리는 나무를 쓰다듬으며 선생님의 이야기를 들었다. 그러다 나무가 사람의 손길이 귀찮았는지 책상에서 의자에 놓인 이동장 안으로 뛰어들었다.

"우당탕!" 테이블과 가방의 거리는 50cm도 안 됐고, 점프 한 번으로 쏙 들어갈 수 있는데 나무는 거리 조절을 하지 못했는지 삐끗하며 들어갔다.

함께 있던 미정이 집에서 늘 보아오던 모습이니 "아이고, 바보 고양이."라는 말을 뱉었다. 그러고는 "나무는 점프도 잘 못하고, 자주 떨어지고 고양이답지 않아요, 좀 바보

같아요."라는 말을 덧붙였다. 나무는 진짜 바보는 아니지만
겸양의 언어 같은 거였다. 그 말을 들은 선생님은 "나무는
바보가 아니라 굉장히 똑똑한 고양이인데 평균대를 못하는
고양이라고 생각하면 돼요."라고 했다. 좌우 시력의 차이도
있을 수 있고, 밸런스에 문제가 있을 수도 있다고 했다.

　'아! 맞다! 나무는 눈이 좋지 않았지!' 나무가 건강해
보이고, 눈 크기도 비슷해 잊고 있었지만, 나무는 그전에
실명할 수도 있단 말을 들었다. 아마도 한쪽 눈을 가리고
물건을 잡으려고 하면 내가 생각한 것과는 조금 다른 위치에
물건이 있는 것과 같은 거였다.

　나는 옆에 있다가 말했다. "공부는 잘하지만, 체육을
잘 못하는 사람 같은 거군요." 선생님은 맞다며 맞장구를
쳐주었다. 나무는 균형 감각이 없어서 사냥놀이에도 조금
느리게 반응하고, 충분히 뛸 수 있는 곳도 가장 안전한
길로 돌아가기도 한다. 나무는 주어진 현실을 자신에게
맞게 세팅하는 고양이었다. 어디에 시선을 두고, 나무를
바라보냐에 따라 나무는 몸치 고양이가 되기도 하고,
지형지물을 잘 쓰는 똑똑한 고양이가 되기도 한다.

　우리는 그날 이후로 조금 우당탕거리거나 높은 곳에서
삐끗하는 나무를 보고 더 이상 바보 고양이라고 부르지 않고
있다.

　고양이다움, 개다움은 없다. '나무다움'이나 '호이다움',

'호삼다움'만 있을 뿐이다. 우리는 나무다움을 잘 지켜주고, 높은데 올라가면 다치지 않게 내려주고 안전한 지형지물을 만들어 주는 것으로 몸치 나무를 도와주면 된다.

평균대 못하는 고양이지만 괜찮다. 귀여우면 됐다.

어쩌다는 필요 없어, 어떻게든 함께 할 테니!

'아는 만큼 보인다'는 말이 있다. 모든 것에 적용이 되는
말이지만 고양이의 세계에서도 이 말은 통용된다. 이제 나는
고양이에 눈을 뜬 자가 되었다. 반려동물과 함께 살다 보면
자신의 반려동물과 조금이라도 비슷한 모습을 보이는 개나
고양이를 보면 "아이고, 쟤는 하는 짓이 ○○랑 똑같네~"
하며 예쁘게 느껴지곤 하는데 우리 나무는 하필이면
코리안쇼트헤어종이라 길에 보이는 고등어태비는 모두 나무
같다는 생각이 든다.

　나무는 나에게 고양이 세계의 문을 열어준 존재다.
〈니새끼 나도 귀엽다〉에 나왔던 김하나 작가님이 첫 고양이

'하쿠'가 곧 고양이라고 말했던 것처럼 나에게 고양이는 나무고, 나무는 세상의 모든 고양이와 같다.

　나무와 함께 살기 전부터 마당에서 길냥이를 챙겼지만 나무를 만나고 나서 마음 씀씀이가 많이 달라졌다. 가장 저렴한 사료를 선택하는 현실은 바뀌지 않아도 고급 샘플 사료가 들어오면 섞어서 먹이거나 물은 매일 아침에 깨끗하게 갈아주고, 밥그릇을 잊지 않고 씻어 주게 된다. 여름이라 개미가 꼬이면 하나하나 잡아주고, 벌레가 꼬이지 않는 방법을 찾는다. 슬로우트립을 찾아오는 고양이들의 수명이 조금 더 길어지기를 바라는 마음, 길에서 태어났지만 안전하고 행복하게 살길 바라는 마음, 이름 붙이고 손길을 줘서 아플 때 조금이라도 도와주고 싶은 마음은 모두 나무라는 필터가 나와 마당냥 사이에 존재하기에 가능한 일이다.

　그러다 보면 한 마리 한 마리 성격이 보이고, 어떤 것을 좋아하고 싫어하는지 알게 된다. 물론 수고로움이 늘어난다. 마음을 줬으니 시간도 주고 싶어진다. 마당에 앉아 낚시놀이를 해주거나, 밥을 먹는 걸 지켜본다. 궁디팡팡도 해줘야하고, 빗질도 해준다. 매일 같이 찾아오다 발길이 뜸하면 동네 여기저기를 찾아다니기도 한다.

　나의 고양이를 향한 사랑은 SNS에서도 알 수 있다. 어느새 인스타그램 친구들이 개나 고양이의 반려인들이

되고, 트위터로는 개 입양 공고나 고양이 구조 관련 글을
리트윗하고, 그 아이들이 반려인을 만나게 됐다고 하면
"잘됐다, 잘됐다."하면서 눈물을 주르륵 흘리기도 한다.
심지어 개, 고양이 반려인들을 불러다가 당신도 어디 한번
자랑을 해보라고 팟캐스트까지 운영을 하고 있으니 이
정도면 중병이라고 볼 수 있다. 개파니 고양이파니 파를
나누는 건 더 이상 의미가 없고, 아침에 일어나면 고양이를
보며 "귀여워!"를 연발하고, 씻고 나서 가장 먼저 하는 일은
개 산책인 것을 보면 나는 그냥 개, 고양이의 자발적 노예인
듯하다.

　어쩌다 내가 이렇게 되었을까? 어렸을 때부터 동물을
좋아했지만 이렇게까지 내 삶이 개와 고양이로 가득 찰 줄은
몰랐는데 말이다. 그렇지만 돌아가고 싶지 않다.

　개털이 없는 공간, 고양이 털이 묻지 않은 티셔츠, 고양이
물건이 없는 단정한 집, 개냄새가 나지 않는 방은 이제 필요
없다.

　고양이 스크래처, 고양이 숨숨집, 강아지 방석이 여기저기
널린 집이 이제 내 집 같고, 쿰쿰한 정수리 냄새와 발 냄새는
어떤 룸 스프레이보다 매력적이며, 차에 태우지 않을 때도
차 안 구석구석에서 나오는 개나 고양이 털은 "어이! 반려인!
어디든 내가 함께 있을 거야!"라고 말해주는 것만 같다.

　몇 년 전, 치앙마이에서 한 달 살기를 한 적이 있다.

도이수텝이라는 높은 산 위에 있는 사원에 올라갔다. 사원 안은 신발을 벗고 다녀야 해서 운동화를 벗었더니 그 안에 호이와 호삼이 털이 촘촘하게 박혀 있었다. 집을 떠나온 지 꽤 지난 터라 그 털을 보고 제주 훈련소에 맡겨두고 온 개들이 너무 보고 싶었던 기억이 있다.

냄새, 털, 발걸음 소리, 콧잔등의 촉촉함, 방바닥 여기저기 흘리고 다니는 수염, 그리고 우리보다 약간 높아 늘 뜨끈한 그들의 체온. 우리가 없으면 밥도 못 먹고, 밖에도 못 나가는 이 생명들, 그래서 마치 사람인 내가 너희를 돌보고 있다고 착각하게 하지만 사실은 너희로 인해 내가 살고 있음을 알게 하는 친구들. 어쩌다 이렇게 되었는지는 이제 알 필요가 없다. 이 생활을 어떻게든 잘 꾸려나가고 싶을 뿐이다. 개 두 마리와 고양이 한 마리, 그리고 나를 찾아와주는 마당냥들과 함께.

나무의 다른 이름은 '귀여워'

하루에도 우리는 인터넷을 통해 많은 것을 검색하고, 필요한 것을 찾고 있다. 음악을 찾고, 길을 찾고, 음식점을 찾고, 일에 도움이 되는 것을 찾다 보면 그것이 빅데이터가 된다. 그걸 기반으로 광고를 보여주고, 알고리즘화되어 내가 그저 머릿속으로 '고양이 사료가 떨어져 가는데'하면 고양이 사료 추천 광고가 뜬다. (희한하다. 나는 정말 속으로 생각만 했는데 말이야…)

내가 내뱉은 언어를 모으는 장치, 가령 '공기 중 말 수집기'가 있다면 어떤 단어가 가장 많이 쓴 단어 1위를 차지할까?

내가 예측하기로는 '귀여워'일 것이다.

아침에 눈을 뜨자마자 나무를 찾는다. 나무는 더울 땐 시원하고, 추울 땐 더운 편인 우리 집에서 사람의 온기가 필요 없는지 독립적인 취침 생활을 하는데 그래서 눈뜨면 나무가 자주 자는 곳을 가장 먼저 바라본다. 그리고 내 입에서 새어 나오는 첫 마디, "귀여워-"

호이, 호삼이와 산책을 가기 위해 옷을 입고, 1층으로 가는 길. 잠에서 깨 나를 내려다보고 있는 나무를 계단에 서서 쓰다듬으며 하는 말, "아유 귀여워." 그렇게 비몽사몽하다 자동급식기 소리가 나면 눈을 번쩍 뜨고 달려가는 그 모습에 또다시, "깔깔깔 귀여워." 산책 가는 동안 부엌 창가에 올라가고 싶다고 소파와 의자를 이용하는 모습에서 "흐흐 귀여워." 보송보송한 털이 창가 바람에 흔들리면 또 그사이 터지는 말, "귀여워." 구경을 다 했는지 "응야!"하고 땅에 발을 디딜 때 내는 소리에 "아이고 귀여워."

외출했다 돌아오면 개들과 함께 도도도도 뛰어오는 그 걸음에 "하- 참 귀여워." 청소하고 오니 안마의자 한자리 차지하고 깊이 자는 모습에 "아효 귀여워." 자는 애를 괜히 깨워 안아들고, 궁둥이를 토닥여 주며 "어디서 이렇게 귀여운 생명체가 우리 집에 왔을까? 둥기둥기 귀여워."

"츄르 하나 먹을까?"하고 짜주려 치면 온 힘을 다해 코 찡긋거리며 먹는 그 얼굴에서 나도 모르게 또 나오는 말,

"어쩜 이렇게 귀여워." 쉬야하고 흥분해서 여기저기 혼자
우다다 달리고, 꼬리 펑 하는 모습을 보며 "우하하하
귀여워." 레이저 빨간빛을 쫓아 콧김을 씩씩하고 다니는
그 모습이 또 "귀여워." 어쩜 이렇게 매 순간순간 귀여운
생명체가 있을까?

고양이와 함께 사는 사람들은 나의 하루와 별반 다르지
않을 거라고 생각한다. 그래서 고양이들은 자기의 이름이
'귀여워'인 줄 아는 친구들도 많을 것 같다. 이것 또한 얼마나
귀여운 일인가? 귀여워서 귀엽다고 하니 귀여워가 이름인 줄
안다니. 허허허.

왜 사람들이 고양이랑 살면 정신을 못 차리는 모습을
보고도 나는 개가 더 좋다고 외쳤을까? 그러니 나 같은
사람이 더 나오지 않게 열심히 말해 줘야겠다. "고양이를
집에 들이세요. 고양이는 빛이요, 생명이요. 삶의 근원, 삶의
에너지, 삶의 풍요, 귀여움 그 자체이니 이 귀여움 지구 사람
그 누구도 모르는 자 없게 해주세요."라는 말을 전하고 싶다.

그럼 개에게 가장 많이 쓰는 말이 뭐냐고?

호이에겐 "안 돼!!!", "호이야 쫌!!", "호이 나가!"

호삼이에겐 "호삼이 이리 와.", "호삼이 옳지.", "호삼이
어휴 착해."가 되겠다.

이게 다냐고? 뭔가 너무 짧다?는 말이 하고 싶나? 여긴
나무를 위해 글을 쓰는 곳이니 그냥 넘어가도록 하자.

단정하게 코트를 차려입고, 담벼락을 거닐지

쌀쌀한 공기가 아침저녁으로 느껴지는 겨울이 다가오면
옷장 정리를 시작한다. 겨울에 입을 외투를 꺼내야 한다.
작년에 좋아했던 외투를 보면 반갑고, '맞아, 이 옷 참 잘
입었는데…' 하기도 하고, 한 해 더 입으려나 싶어서 넣어두고
버리지 못했던 옷도 버릴 용기가 생기기도 한다.

제주도에 오고, 개들과 함께 살면서 서울에 살았으면 절대
사지 않았을 롱 패딩을 입고, 외투를 사러 가도 주머니가
많고, 방한이 잘 되며, 모자에 털이 달리지 않는 옷을
산다거나, 팔이 자유로운 조끼를 사서 겨울을 나기도 한다.
반면 멀어진 옷이 있다면 그건 바로 '코트'다.

코트는 제주도에 오기 전 입던 옷에서 머물러 있다. 가격도 비싸니 쉽게 버리지도 못하고, 유행 따라 핏도 조금씩 다르니 중고로 팔지도 못한 채 일 년에 한 번씩 "맞다. 이 코트가 있었지." 정도의 역할을 하고 있다.

철 지난 코트 이야기를 하니, 고양이 무늬도 '코트'로 구별하는 게 생각났다. 코리안쇼트헤어들의 무늬를 부르는 말인 올블랙, 턱시도, 얼룩소, 삼색이, 카오스, 고등어, 치즈에 코트를 붙여 '코트를 예쁘게 입었다'는 말을 쓴다.

길에서 만난 턱시도 고양이가 대칭에 딱 맞는 코트를 가졌다면 "어머 쟤는 옷을 잘 입었네. 너무 귀엽다."라고 하고, 배 부분의 털이 흰색이 더 많아 검은색 무늬가 벌어졌다면 수트가 안 잠긴다거나, 와이셔츠가 빠져 나왔다는 말을 한다.

치즈태비의 코트에 흰 발끝을 가지고 돌담 위를 도도하게 걸어가고 있으면 그걸 본 애묘인들은 "발목 양말을 야무지게 신고 나왔구나. 너무 귀엽다."라고 이야기를 하거나 고등어태비가 네 발 중 한쪽 발만 흰색이 없으면 서둘러 나오느라 양말 한 짝을 안 신었다는 말을 하기도 한다.

우리 나무는 고등어태비 코트를 입고, 배는 하얗고, 앞에 두 발은 흰색 양말을 야무지게 신었는데 왼쪽 팔에는 견장처럼 고등어 무늬가 내려와 있다. 뒷다리도 흰 양말을 신었지만 한쪽은 점처럼 고등어 무늬가 튀어있어서 꼭 구멍 난 양말을 신은 듯한 모습이다. 얼굴은 고등어태비를 그릴 때 정석으로 그리면 그것이 나무가 될 만큼 대칭으로 생겼다. 이마엔 M자 무늬가 선명하고, 눈 양쪽 끝으로 길게 아이라인을 그려 나무를 좋아하는 이모들은 "어디 회사 브랜드의 아이라인을 쓰냐?"라고 묻기도 하고, "안경을 쓰고 있네."라고 말하는 사람도 있다.

우리 집의 첫 고양이 나무, 나무가 고등어태비니까 길에서 사는 고등어 친구들에게 눈길이 간다. 원래 고등어를 좋아했던 건지, 나무가 고등어라 고등어를 좋아하는지 고양이 코트 중에서는 고등어태비가 가장 좋다. SNS에 올라오는 많은 고양이 사진 중에서도 고등어 친구들이 가장 정이 많이 간다. 고양이랑 살 생각을 한 번도 해본 적이 없었기 때문에 로망냥도 없고, 로망 코트도 없었는데 나무가 나의 이상묘가 되어 버렸다.

당신은 어떤 고양이를 좋아하는가? 무슨 옷이든 고양이는 다 예쁜 거 아니겠냐는 말이 어디선가 들려오는 것 같다. 맞다. 세상의 모든 고양이는 예쁘다. 코에 점이 튀었든, 양말에 구멍이 나든, 엉덩이에 큰 점이 있든 그 모습 그대로 너무 예쁘다. 나무가 치즈였다면 나는 또 치즈냥과 사랑에 빠졌겠지? 그래, 애초에 코트는 상관이 없다. 내 새끼니까 예쁜 거였다. 고등어 코트를 멋지게 걸친 우리 나무와 사랑에 빠졌듯 이 글을 읽는 당신에게 고양이가 없다면 당신만의 고양이를 만나기를 바라본다.

고양이는 사랑이니까!

여자 둘, 개 둘, 고양이 하나라는 가족

얼마 전 〈니새끼 나도 귀엽다〉에 진행자가 아닌 게스트 입장으로 방송을 한 적이 있다. 질문은 인스타그램 팔로워에게 받아 구성했는데 진행자로 질문만 준비하고 인터뷰만 하다가 입장이 바뀌고 보니 평소에 생각하지 못한 물음이 많았다.

　다양한 질문 중 인상 깊었던 것은 "나무는 자신을 사람이라고 생각할까요? 아니면 개라고 생각할까요?"라는 말이었다. 아마도 SNS에서 보이는 나무의 모습이 고양이보다는 개에 가까워 보여 물어본 것 같았다. 나는 이 질문에서 조금은 엉뚱하게 '가풍'이란 말을 떠올렸다.

가풍(家風)의 사전적 의미를 찾아보면 한 집안에 전해 내려오는 생활 관습이라고 나온다. 고양이를 대대손손 키운 집안이 아니니 집안에 전해져오는 관습은 없지만 가풍은 가족 구성원이 함께 만드는 집안 분위기라고 정의하고 싶다.

나무가 들어오기 전 우리의 집안 구성원은 여자 둘에 개 둘이었다. 우리는 6년 정도의 시간 동안 넷이 함께했다. 서로 맞춰 가는 시간 동안 힘든 고비도 많았지만 넷이라는 숫자는 변동이 없을 것 같았다. 그런데 나무가 들어왔고, 지금에 이르렀다.

처음처럼 나와 호이 둘만이 지금까지 살았으면 어땠을까? 무는 개 호이를 통제하지 못해 지금쯤 〈세상에 나쁜 개는 없다〉 같은 프로그램에 나가서 "호이랑 끝까지 같이 살고는 싶은데 너무 무서워요."하면서 울었을 것 같기도 하다. 만약에 나와 호삼이 둘만 있었다면 어땠을까? 호삼이는 사람과 개, 달리기를 좋아하니 틈만 나면 호삼이랑 여행을 다녔을 것 같다. 나와 나무만 있었을 땐 어땠을까? 개들이 없으면 산책 나갈 일도 없으니 나무랑 집에서만 콕 박혀 드라마만 보며 지냈을 것 같다. 이렇게 구성원을 하나하나 떼어 놓고 보면 삶 자체도 크게 달라진다. 그래서 가끔 독립된 개체로 존재할 때의 본질에 가까운 생활방식이나 성격을 알고 싶기도 하다.

호삼이는 처음 우리 집에 왔을 때부터 사람도 좋아하고

개도 좋아하며 모든 것을 좋아하는 개였다. 그런데 예민한 호이랑 살면서 경계심이 높아졌다. 전에는 산책하다 만나는 개를 좋아했다면 지금은 호이에게 경고를 해주기 위해 호이보다 먼저 짖거나, 전투태세가 된다. 호이 없이 혼자 산책할 때 같은 상황에 놓이면 전혀 공격적이지 않은 걸 보면 호이를 대신해 싸워줄 준비를 하는 듯하다. 그런 호삼이를 보면 마음이 쓰여 간혹 단독 산책이나 차를 태우고 나가 다른 동네를 산책 하는데 그럴 때 오히려 형은 왜 안 오나 하고, 불안해하는 걸 보면 둘을 떨어트리는 게 마냥 좋은 것만은 아닌 듯하다.

호삼이는 또 호이에게 안 좋은 걸 배웠다. 천둥이나 폭죽소리 등 큰 소리가 나면 무서워하는 개들이 있는데, 바로 호이가 그랬다. 천둥이 치면 호이는 안절부절못하고, 심한 공포감에 호흡이 빨라지고, 패닉 상태에 빠지곤 하는데 처음에 괜찮던 호삼이도 호이와 5년 정도 살고 난 후에 비슷한 증상이 나타났다. 그래서 천둥이 치는 날엔 모두 잠을 못 자고 호이와 호삼이를 붙잡아 괜찮다는 말로 진정을 시켜 줘야 한다.

그럴 때 나무는 뭐 하냐고? 높은 곳에서 우리를 내려다보며 '쟤들은 왜 저럴까?'하며 같이 잠을 못 이루곤 한다. 이렇듯 구성원에 따라 서로가 서로에게 영향을 미치고, 없어선 안 될 존재가 되어간다. 개와 함께 사는 나무는 고양이만 있는 집에 가서 살았다면 어떤 모습이었을까, 궁금할 때가 있다.

가끔 고양이와 함께 사는 집에 놀러 가면 제집처럼 쓰는 나무를 보면서 다른 고양이 형제들이 있어도 잘 지내겠다 싶다가도, 얼마 전에 마당냥이 해미를 입양 보내기 위해 잠시 집 화장실에 둔 적이 있었는데 그게 자기 맘에 안 든다고 짜증을 낸 거 보면 외동냥이 같기도 하다.

오빠만 둘인 나는 늘 언니나 여동생을 가지고 싶었다. 반대로 장녀인 사람은 오빠가 가지고 싶을지 모르겠다. 남동생만 있는 사람은 여동생이 가지고 싶었을 거고, 형제 많은 사람은 외동이길 바란 적이 있겠지? 뭐가 됐든 구성원에 따라 나의 성격도 달라졌을 거고, 지금과는 또 다른 모습이었을 것이다.

개만 살던 집에 고양이가 들어와 개들과 같은 물그릇에 물을 먹고, 개 형아들 밥 먹을 때 하나씩 주는 개 사료를 간식처럼 받아먹으며, '앉아'와 '손'을 하는 고양이. 밖에서 사람이 오면 반갑다고 뛰어나오는 고양이. 다른 개가 집에 들어와도 무서워하지 않는 고양이. 호삼이와 툭탁거리면서도 형아 다리를 그루밍 해주는 고양이. 나무는 사람 둘과 개 두 마리의 집에 완벽하게 적응을 해줬다.

갑자기 동생이 둘이나 생긴 호이, 위로는 개 형과 아래로는 고양이 동생이 생긴 호삼이. 개 형만 둘이 생긴 나무.

가족이지만 서로 다른 관계를 맺은 우리는 우리만의 가풍을 가지고 오늘도 살고 있다. 맞다. 세상에 어디에 여자 둘에 개 둘, 고양이 하나를 가족이라고 부르는 사람이 얼마나 있겠나. 그런데 그것이 뭐 그리 특별한 일일까. 우리는 모두 독특하고 고유하며, 각자의 가풍을 가지고 오늘을 살고 있는데 말이다.

나무의 세 번째 생일

지난 2023년 9월은 나무가 우리 집에 온 지 3년이 되는 달이었다. 1kg이 안 되는 작은 몸집에 폐자재 더미 위에 앉아 햇빛을 쐬던 나무를 우리 집 마당으로, 마당에서 집안으로 옮겨 온 지도 벌써 3년이 지났다. 잠깐 돌보다가 입양을 보내려 했던 나무는 우리의 다섯 번째 멤버가 되었다.

나무가 발작을 하고, 태어날 때부터 뇌수두증에 걸렸다는 걸 안 이후 병원에선 일단 2년 정도는 무탈할 거라고 했고, 하루하루 행복하게 지내라고 했다. 우리는 그 말 그대로 하루하루 행복하게 지냈고, 3년을 훌쩍 넘긴 나무는 여전히 무탈하다.

나무는 우리에게 고양이라는 세계의 문을 열어 주었고,
얼마나 사랑스러운 존재와 함께 살고 있는지 매일 감탄하게
만들었다. 개만 살던 집에 들어온 고양이는 이제 우리 집에
없어서는 안 될 중요한 가족이 되었고, 우리는 온 힘을 다해
나무를 사랑해 주고 있다.

3년이란 시간이 정말 순식간에 지나갔다. 아침에 일어나
나무를 보면 흘러가는 시간이 너무 아깝다. 내 인생의
하이라이트는 바로 지금이 아닐까 싶을 정도로 모든 것이
완벽하게 충만하다.

나무의 세 살 생일, 나무의 네 살 생일, 나무의 다섯 살
생일, 나무의 여섯 살 생일, 나무의 일곱 살 생일, 나무의 여덟
살 생일, 나무의 아홉 살 생일, 나무의 열 살 생일, 나무의
열한 살 생일, 나무의 열두 살 생일, 나무의 열세 살 생일,
나무의 열네 살 생일, 나무의 열다섯 살 생일, 나무의 열여섯
살 생일, 나무의 열일곱 살 생일, 나무의 열여덟 살 생일,
나무의 열아홉 살 생일, 나무의 스무 살 생일이 되면 나는
60번째 생일을 맞게 된다.

까마득한 날처럼 느껴지지만 호이가 벌써 열 살이고,
호삼이가 여덟 살인 거 보면 이 시간도 지난 3년 동안처럼
빠르게 지나갈 것이다.

나무의 수명은 그 누구도 알 수 없다. 수의사도, 나무도,
우리도 모른다. 우리는 지금처럼 나무와 최선을 다해

안전하고, 행복한 환경 안에서 함께 살 것이고, 나무는 지금처럼 귀여운 역할을 잘 수행해서 우리 집 다섯 번째 멤버의 자리를 지켜내기만 하면 된다.

무척 쉽지 않은가? 이 정도는 할 거라고 믿는다. 나무야!

나의 우주, 나무에게

나무야, 엄마는 분홍색과 검은색이 섞인 발바닥으로 지면을
눌러 사뿐, 사뿐 걸어오는 너를 보며 사뿐, 사뿐 걷는다는
말을 정확하게 알게 되었어.

그렇게 다가와서 수직에 가깝게 점프를 해서 올라오는
모습은 마치 아이돌이 콘서트 스테이지에 등장하는 모습
같았지.

집에만 있는 게 지루하지 않을까 하여 놀아줄 땐 붉어지는
코와 커지는 동공, 부풀어 오르는 주둥이, 실룩실룩 흔드는
엉덩이를 보며 고양이는 '귀여움'을 미끼로 사냥을 하나?
하는 생각도 들었어.

외출했다 돌아오면 경중경중 달려 나와주고, 너의 머리를 나의 몸에 부딪혀 줄 때는 온몸으로 전해지는 사랑을 느꼈어.

500g정도 되는 작은 몸으로 우리에게 왔음에도 그 누가 가르쳐 준 적이 없는데 스스로 화장실에 들어가 볼일을 보고 야무지게 발로 덮는 것을 보며 엄마는 사막에서 살았다는 너의 고양이 조상이 떠올랐어. 너를 낳아준 고양이 엄마를 넘어, 사막에서 살았다는 고양이 조상에게까지 고마운 마음이 든다고 하면 사람들은 믿어 줄까?

아마 믿지 않을 거야. 그런 사람들은 고양이가 한 사람에게 미치는 영향이 얼마나 큰지, 작은 고양이가 주는 사랑이 얼마나 위대한지, 너로 인해 내가 조금 더 좋은 사람이 되고 싶어지는 것까지도 알지 못 할 거야.

그런데 괜찮아. 고양이들은 이미 귀여움으로 지구를 정복하기 시작했고, 지구인들도 조금씩 변하고 있으니까 말이야.

봐봐. 개가 최고라고 말하는 엄마도 이렇게 변했잖아. 그러니까 우리 더 즐겁고, 재미있고, 건강하게 잘 지내자.

우리는 우리가 존재하기 전부터 오늘의 만남을 위해 우주를, 시공을, 가로질러 달려왔으니까. 나의 우주가 되어줘서 고마워, 나도 너의 우주가 되어 줄게.

우리 지금처럼 기꺼이 서로의 우주가 되어주자.

사랑한다, 우리의 고양이 한서나무나무.

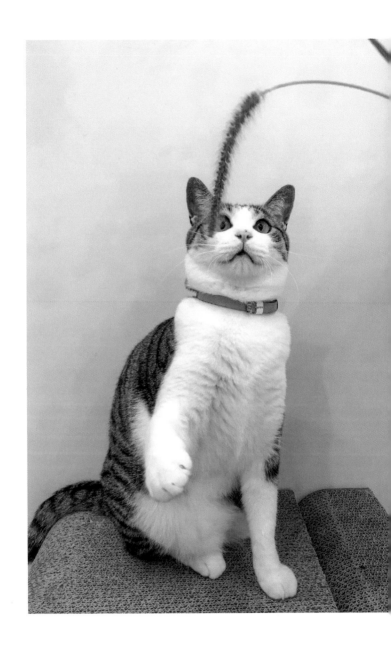

에필로그

어느 날 함께 사는 고양이 나무에 대해서 글을 써야겠다고
마음을 먹었다. 다른 사람도 아닌 개랑만 살아봤고, 개와
오래 살아 고양이는 함께 살 일 없다고 선언했던 내가
우연히 집에 들인 고양이와 함께 살며 변화하는 모습을
보여주면, 길에서 살던 고양이가 집사를 만나게 되고, 과거의
나처럼 고양이를 잘 몰라서 멀리했던 사람들이 조금이라도
고양이에게 친절해질까 하는 마음에서였다. 나무를 만나고,
나무를 입양 보내려 애쓰고, 나무가 아프다는 것을 알고,
나무와 함께 살기로 마음먹고, 나무를 온전히 우리의 식구로
맞이하기까지 단 한 순간도 후회가 없었다.

그저 우리 집에서 가장 작은 생명체인 나무로 인해 행복하고, 또 행복했을 뿐이다. 나무로 인해 함께 사는 친구와 해야 할 일이 늘어나긴 했지만 그만큼 대화도 늘어났고, 개만 키웠을 땐 몰랐던 다정한 면도 서로에게 발견했다. 대상에 따라 사람이 이렇게도 달라질 수 있구나, 하는 것도 배웠다.

우리는 여전히 매달 구독하듯 나무 약을 처방 받아오고, 그 덕분인지 이 책에 썼던 두 번의 발작 말곤, 더 이상 발작을 하지 않았다. 나무를 입양하며 공사했던 집은 〈오늘의 집〉에 소개될 정도로 예뻐졌고, 인테리어를 하며 꼭 두고 싶던 안마의자는 나무의 차지가 됐다. 안마의자에서 쉬고 있는 나무가 예뻐 사진을 찍었다가 안마의자 회사에서 홍보에 도움이 됐다고 안마의자를 주셔서, 나무를 예뻐하는 할머니에게 안마의자를 선물하기도 했다. 우리 집의 화목과 행운을 가져다 준 나무는 우리 집에 뿌리를 잘 내렸다. 호이, 호삼이 형과도 잘 지내고 있다.

나는 나무를 통해 바깥의 고양이들을 새롭게 보게 됐고, 늘 고단해보였던 그들의 삶도 나름의 질서와 행복이 있다는 걸 관찰을 통해 알게 됐다. 그리고 사람이 조금만 도와주면 그들의 삶도 조금은 더 행복해진다는 것도. '나무'는 나에게 고양이라는 세상을 열어준 하나의 문이다. 그 문으로 처음엔 더듬더듬, 그 후엔 주춤주춤 들어갔지만 지금은 확신에 찬

발걸음으로 성큼성큼 걸으며 그 세계를 만끽하고 있다.

고양이라는 세계, 더 나아가 반려동물의 세계는 당신과 나의 모습이 똑같지 않듯 모두 다르겠지만 '행복', '사랑', '감사'라는 공통분모가 존재한다고 확신한다. 사랑하며 사는 법, 행복하게 사는 법, 그래서 매일이 감사해지는 법을 나른하게 걷고, 현자처럼 나를 바라보며 앉아있는 고양이를 통해 배운다. 여러분들도 고양이를 통해 나와 같은 감정을 꼭 한번 느껴보시기를 바라면서 길었던 글을 줄여본다.

개만 살던 집에 고양이가 들어왔다

2024년 3월 18일 초판 1쇄 발행

지은이   한민경
펴낸이   강준선
펴낸곳   든든

편집   강민영
디자인   알음알음
제작   제이오
인쇄   민언프린텍
제책   다온바인텍
관리   우진출판물류

등록   2020년 4월 3일 제2020-000021호
전화   (070) 8860-9329
팩스   (02) 2179-9329

전자우편   deundeunbooks@naver.com
인스타그램 instagram.com/deundeunbooks

ISBN   979-11-971782-9-0 (03810)